Scherz Krimi
Spannung
mit Niveau

W0030819

Von Agatha Christie sind erschienen:

Das Agatha Christie Lesebuch
Alibi
Alter schützt vor Scharfsinn nicht
Auch Pünktlichkeit kann töten
Auf doppelter Spur
Der ballspielende Hund
Bertrams Hotel
Der blaue Expreß
Blausäure
Das Böse unter der Sonne oder
Rätsel um Arlena
Die Büchse der Pandora
Der Dienstagabend-Klub
Ein diplomatischer Zwischenfall
Dreizehn bei Tisch
Elefanten vergessen nicht
Die ersten Arbeiten des Herkules
Das Eulenhaus
Das fahle Pferd
Fata Morgana
Das fehlende Glied in der Kette
Ein gefährlicher Gegner
Das Geheimnis der Goldmine
Das Geheimnis der Schnallenschuhe
Das Geheimnis von Sittaford
Die großen Vier
Das Haus an der Düne
Hercule Poirot's größte Trümpfe
Hercule Poirot schläft nie
Hercule Poirot's Weihnachten
Karibische Affäre
Die Katze im Taubenschlag
Die Kleptomanin
Das krumme Haus
Kurz vor Mitternacht
Lauter reizende alte Damen
Der letzte Joker
Die letzten Arbeiten des Herkules
Der Mann im braunen Anzug
Die Mausefalle und andere Fallen
Die Memoiren des Grafen
Mit offenen Karten
Mörderblumen
Mördergarn
Die Mörder-Maschen
Mord auf dem Golfplatz
Mord im Orientexpreß
Mord im Pfarrhaus
Mord im Spiegel
oder Dummheit ist gefährlich
Mord in Mesopotamien
Mord nach Maß
Ein Mord wird angekündigt
Die Morde des Herrn ABC
Morphium
Nikotin
Poirot rechnet ab
Rächende Geister
Rotkäppchen und der böse Wolf
Ruhe unsanft
Die Schattenhand
Das Schicksal in Person
Schneewittchen-Party
Ein Schritt ins Leere
16 Uhr 50 ab Paddington
Der seltsame Mr. Quin
Sie kamen nach Bagdad
Das Sterben in Wychwood
Der Tod auf dem Nil
Tod in den Wolken
Der Tod wartet
Der Todeswirbel
Tödlicher Irrtum
oder Feuerprobe der Unschuld
Die Tote in der Bibliothek
Der Unfall und andere Fälle
Der unheimliche Weg
Das unvollendete Bildnis
Die vergeßliche Mörderin
Vier Frauen und ein Mord
Vorhang
Der Wachsblumenstrauß
Wiedersehen mit Mrs. Oliver
Zehn kleine Negerlein
Zeugin der Anklage

Agatha Christie

Der Todeswirbel

Scherz
Bern – München – Wien

Überarbeitete Fassung der einzig berechtigten Übertragung
aus dem Englischen von Renate Hertenstein
Titel des Originals: »Taken at the Flood«
Schutzumschlag von Heinz Looser
Foto: Thomas Cugini

18. Auflage 1990, ISBN 3-502-51202-7

Gesamtherstellung: Ebner Ulm

1

In jedem Club gibt es ein Mitglied, das allen anderen auf die Nerven geht. Der Coronation Club bildete da keine Ausnahme, und daß gerade ein Luftangriff im Gange war, änderte nichts an der Tatsache.
Major Porter, ehemaliger Offizier der Indischen Armee, raschelte mit seiner Zeitung und räusperte sich, Aufmerksamkeit heischend. Die Anwesenden hüteten sich ängstlich, seinem Blick zu begegnen, aber die Maßnahme erwies sich als zwecklos.
»Die *Times* bringt eine Anzeige zum Tod von Cordon Cloade, sehe ich eben«, hub der Major an. »Sehr diskret aufgemacht, selbstverständlich. ›Am 5. Oktober starb infolge einer feindlichen Aktion‹ und so weiter. Keine nähere Bezeichnung des Schauplatzes. Zufällig ereignete sich die Geschichte unweit meines eigenen Hauses. In einem dieser großen Häuser oben auf Campden Hill. Ehrlich gesagt, die Sache ging mir ziemlich nahe. Ich bin dem Luftschutz zugeteilt, verstehen Sie. Cloade war gerade aus den Staaten zurückgekommen, hatte drüben im Auftrag der Regierung Einkäufe tätigen müssen und während dieser Zeit geheiratet. Eine junge Witwe, jung genug, um seine Tochter sein zu können. Eine gewisse Mrs. Underhay. Zufälligerweise kannte ich ihren ersten Mann von Nigeria her.«
Major Porter schaltete eine Pause ein. Niemand legte Interesse an den Tag oder bat ihn sogar, in seiner Erzählung fortzufahren. Im Gegenteil, die Köpfe versteckten sich hinter krampfhaft hochgehaltenen Zeitungen. Doch hätte es drastischerer Mittel bedurft, um Major Porter zu entmutigen. Er liebte es, weitschweifige Geschichten zu erzählen von Leuten, die niemand kannte.
»Interessant«, murmelte er unverdrossen vor sich hin, den Blick geistesabwesend auf ein Paar auffallend spitzer Lackschuhe gerichtet – eine Art Fußbekleidung, die er zutiefst verabscheute. »Interessant, wie das Haus getroffen wurde. Der Einschlag drückte das Untergeschoß ein und fegte das

Dach buchstäblich weg; das erste Stockwerk blieb so gut wie unberührt. Sechs Leute befanden sich im Haus. Drei Dienstboten – ein Ehepaar und ein Mädchen – und Gordon Cloade, seine Frau und deren Bruder. Dieser Bruder war der einzige, der mit ein paar Schrammen davonkam. Die anderen hielten sich alle im Untergeschoß auf, er war gerade in seinem Zimmer im ersten Stock. Die Dienstboten waren auf der Stelle tot. Gordon Cloade wurde aus dem Schutt gegraben. Er lebte noch, starb aber auf dem Transport ins Krankenhaus. Seine Frau erlitt schwere Verletzungen. Die Explosion hatte ihr die Kleider vom Leib gerissen. Man hofft aber, sie retten zu können. Sie wird eine reiche Witwe sein. Gordon Cloade war sicher eine Million schwer.«
Abermals schaltete der Major eine Pause ein. Sein Blick wanderte von den spitzen Lackschuhen empor über ein Paar gestreifte Hosen und eine schwarze Jacke zu einem eiförmigen Kopf mit imposantem Schnurrbart. Ein Ausländer – natürlich! Das erklärte auch die Schuhe. Schrecklich! schoß es dem Major durch den Kopf. Nicht einmal mehr hier im Club ist man vor diesen Ausländern sicher.
Die Tatsache, daß der mißbilligend betrachtete Ausländer als einziger der Erzählung des alten Offiziers ungeteilte Aufmerksamkeit schenkte, erschütterte Porters Abneigung in keiner Weise.
»Fünfundzwanzig Jahre alt wird sie sein, kaum mehr«, fuhr er in seinem unerwünschten Bericht fort. »Und zum zweiten Mal Witwe, zumindest glaubt sie das.«
In der Hoffnung, mit dieser letzten Bemerkung Neugierde erweckt zu haben, hielt er inne. Als auch dieses Mal keinerlei Reaktion erfolgte, redete er unerbittlich weiter.
»Ich habe da so meine eigenen Ideen in dieser Sache. Ich kannte zufällig ihren ersten Mann, wie ich schon sagte, Underhay. Ein netter Bursche, war Distriktskommissar in Nigeria zu jener Zeit. Sehr pflichtbewußter Mensch, ausgezeichneter Beamter. Das Mädchen heiratete er damals in Kapstadt, wo sie mit einer Theatertruppe auftauchte. Es ging ihr nicht besonders, hatte Pech gehabt, fühlte sich einsam und verlas-

sen, na ... und ein hübsches Ding war sie. Sie hörte dem guten Underhay zu, wie er von seinem Distrikt und der wunderbaren Natur schwärmte, und flüsterte selig: ›Ach, wie herrlich! und ›Wie gern würde ich in solcher Weltabgeschiedenheit leben‹, und der Schluß von der Geschichte war, daß sie ihn heiratete und mit ihm in die vielgepriesene Weltabgeschiedenheit zog. Aber aus der Nähe besehen war die Abgeschiedenheit nicht mehr so erfreulich. Er war bis über beide Ohren in sie verliebt, der arme Kerl. Sie haßte den Urwald, hatte Angst vor den Eingeborenen und langweilte sich zu Tode. Sie wollte ins Theater gehen können, mit Leuten schwatzen und abgelenkt sein. *Solitude à deux* im Urwald entsprach eben doch nicht so ganz ihrem Geschmack. Ich habe sie nie kennengelernt, das alles weiß ich nur von dem armen Kerl, dem Underhay. Es machte ihm schwer zu schaffen, aber er benahm sich grundanständig. Er schickte sie heim und willigte in die Trennung ein. Kurz danach traf ich ihn. Er war völlig am Ende mit seinen Nerven und in der Verfassung, in der ein Mann seinem Herzen Luft machen muß. Er war ein komischer Kauz, ein altmodischer Geselle, römisch-katholisch und prinzipiell gegen Scheidung. ›Es gibt noch andere Möglichkeiten, einer Frau ihre Freiheit zurückzugeben‹, sagte er mir damals. ›Machen Sie keine Dummheiten, mein Lieber‹, versuchte ich ihm gut zuzureden. ›Keine Frau der Welt ist's wert, daß man sich ihretwegen eine Kugel durch den Kopf jagt.‹
Das wäre auch gar nicht seine Absicht, meinte er. Aber er stünde ganz allein da, hätte keine Verwandten, die sich seinetwegen Sorgen machen könnten. Wenn ein Rapport seinen Tod melde, sei Rosaleen Witwe, und das sei alles, was sie sich wünsche. ›Und was soll aus Ihnen werden?‹ fragte ich ihn unverblümt. ›Wer weiß‹, erwiderte er. ›Vielleicht taucht irgendwo tausend Meilen von hier ein Mr. Enoch Arden auf und beginnt ein neues Leben.‹ – ›Das kann aber eines Tages für Rosaleen unangenehme Folgen haben‹, wandte ich ein. ›Keine Spur. Ich würde die Sache durchziehen. Underhay wäre ein für allemal tot‹, gab er darauf zurück.

Ich vergaß die Geschichte wieder, bis ich so ungefähr sechs Monate darauf hörte, Underhay sei irgendwo im Urwald am Fieber gestorben. Die Eingeborenen, die bei ihm gewesen waren – alles vertrauenswürdige Burschen –, kamen mit einer bis in alle Einzelheiten glaubwürdig klingenden Geschichte zur nächsten Siedlung. Sie brachten sogar einen Wisch mit – ein paar von Underhay hingekritzelte Zeilen–, der besagte, daß es mit ihm zu Ende gehe und seine Leute für ihn getan hätten, was sie nur hätten tun können. Einen Eingeborenen, der seine rechte Hand und ihm ganz besonders ergeben gewesen war, pries er in den höchsten Tönen. Dieser Mann hing an Underhay, und die anderen gehorchten diesem Burschen bedingungslos. Sie hätten bestimmt beschworen, was er sie zu beschwören hieß. So steht die Sache ... Möglich, daß Underhay irgendwo in Afrika begraben liegt, ebensogut möglich aber auch, daß dem nicht so ist, und wenn's so wäre, könnte es passieren, daß Mrs. Gordon Cloade eines Tages eine böse Überraschung erlebt. Ehrlich gestanden, geschähe ihr da gar nicht so unrecht. Ich hab zwar nie das Vergnügen gehabt, die Dame persönlich kennenzulernen, aber ich hab eine gute Witterung für diese Art Glücksritter.«
Major Porter sah sich abermals Anerkennung heischend um, aber er begegnete nur dem gelangweilten und etwas glasigen Blick des jungen Mr. Mellow und der unverändert höflichen Aufmerksamkeit Monsieur Hercule Poirots.
In diesem Augenblick raschelte eine Zeitung; aus dem Sessel beim Kamin erhob sich ein grauhaariger Herr mit betont ausdruckslosem Gesicht und verließ den Raum.
Der Major starrte dem Verschwundenen entsetzt nach, und der junge Mellow stieß einen leisen Pfiff aus.
»Schöne Geschichte haben Sie sich da geleistet«, meinte er schadenfroh. »Wissen Sie, wer das war?«
»Gott im Himmel!« stieß der Major hervor. »Natürlich weiß ich's. Wir sind nicht gerade befreundet, aber wir kennen uns. Jeremy Cloade ... Gordon Cloades Bruder! Sehr peinlich, wirklich sehr peinlich. Wenn ich nur eine Ahnung gehabt hätte ...«

»Er ist Rechtsanwalt«, stellte der junge Mellow fest und fügte ohne große Anteilnahme hinzu: »Das trägt Ihnen aller Voraussicht nach eine Klage wegen Verleumdung, Kreditschädigung und übler Nachrede ein.«
»Sehr peinlich! Wirklich außerordentlich peinlich!« war alles, was der Major darauf zu erwidern wußte.
»Heute abend wird ganz Warmsley Heath im Bilde sein«, fuhr Mr. Mellow junior ungerührt fort. »Das ist die Residenz der Cloadeschen Sippschaft. Vermutlich versammeln sie sich heute noch dort, um ein gemeinsames Vorgehen zu besprechen.«
Da in diesem Augenblick die Sirene das Ende des Alarms anzeigte, verzichtete Mr. Mellow darauf, den armen Major weiter mit Andeutungen über etwaige Rachepläne der Familie Cloade zu ängstigen, und strebte mit seinem Freund Hercule Poirot dem Ausgang zu.
»Scheußliche Atmosphäre in diesen Clubs«, meinte er. »Und eine verrückte Mischung komischer Käuze trifft sich da. Dieser Porter ist der allgemeine Clubschrecken. Wenn er anfängt, den indischen Seiltrick zu schildern, dauert das endlos, und er kennt jeden, dessen Mutter, Großmutter oder Schwester sich's jemals einfallen ließ, durch Poona zu reisen.«
Dies ereignete sich im Herbst 1944. Im Spätfrühling des Jahres 1946 empfing Hercule Poirot einen Besuch.

Hercule Poirot saß an einem heiteren Maimorgen vor seinem aufgeräumten Schreibtisch, als sein Diener George sich näherte und mit ehrerbietig leiser Stimme meldete:
»Eine Dame wünscht Sie zu sprechen, Sir.«
»Was für eine Art Dame?« erkundigte sich Poirot, den die minuziösen Schilderungen Georges stets amüsierten.
»Sie dürfte zwischen vierzig und fünfzig sein, Sir, nicht sehr elegant, mit einem sozusagen künstlerischen Anflug in der Erscheinung. Derbe Halbschuhe, ein Tweedkostüm, aber eine Spitzenbluse. Um den Hals eine exotische, mehrreihige Kette und überdies einen pastellblauen Seidenschal.«
Poirot schüttelte sich leicht.

»Ich spüre kein großes Verlangen, diese Dame zu sehen«, erklärte er.
»Soll ich sagen, Sie fühlten sich nicht wohl?« erkundigte sich George.
Poirot musterte seinen Diener nachdenklich.
»Sie haben ihr doch vermutlich bereits angedeutet, daß ich in eine äußerst wichtige Arbeit vertieft bin und keinesfalls gestört werden darf, wie ich Sie kenne, George.«
George hüstelte und verzichtete auf jede direkte Antwort.
»Sie käme extra vom Land herein, sagte sie, und es mache ihr nichts aus zu warten.«
Poirot seufzte.
»Gegen das Unvermeidliche zu kämpfen, ist sinnlos«, beschied er. »Wenn eine Dame fortgeschrittenen Alters und geschmückt mit exotischen Halsketten es sich in den Kopf gesetzt hat, den berühmten Hercule Poirot zu sprechen, und zu diesem Zweck extra eine Reise unternommen hat, wird nichts sie hindern können, ihr Vorhaben auszuführen. Sie wird in der Halle sitzen und sich nicht vom Fleck rühren. Also führen Sie sie lieber gleich herein.«
George zog sich zurück und kam gleich darauf wieder, um würdevoll zu verkünden:
»Mrs. Cloade.«
Mit wehendem Schal, die Ketten bunter Perlen in klirrender Bewegung, fegte eine Gestalt in abgetragenem Tweedkostüm zur Tür herein, Hercule Poirot beide Hände entgegenstreckend.
»Monsieur Poirot, spiritistische Erleuchtung hat mir den Weg zu Ihnen gewiesen«, verkündete sie, ohne zu zögern.
Poirot blinzelte leicht irritiert.
»Vielleicht nehmen Sie erst einmal Platz, meine Verehrteste, und sagen mir –« Er kam nicht weiter.
»Durch automatisches Schreiben, Monsieur Poirot, und durch Klopfzeichen. Madame Elvary (Ach, was für eine wundervolle Person sie ist!) und ich, wir befragten gestern den Tisch. Und immer wieder kamen die gleichen Buchstaben. H. P. H. P. H. P. Natürlich begriff ich nicht sofort die Bedeu-

tung. Das geht nicht so im Handumdrehen. Leider ist uns armen Wesen in diesem Erdental der wahre Durchblick nicht gegeben. Ich zerbrach mir den Kopf, was diese Initialen bedeuten könnten, auf wen in meinem Bekanntenkreis sie paßten. Natürlich mußte eine bestimmte Verbindung mit unserer letzten Sitzung vorhanden sein, ach, und was für eine wichtige und aufregende Sitzung das war! Ich kaufte mir die *Picture Post,* und da haben Sie wieder ein untrügliches Zeichen spiritistischer Eingebung, denn sonst kaufe ich immer den *New Statesman,* und kaum hatte ich die Zeitung aufgeschlagen, sah ich Ihr Bild! Ihr Bild und eine genaue Beschreibung Ihrer außerordentlichen Erfolge. Ist es nicht wunderbar, wie alles, alles in diesem Leben einen bestimmten Zweck verfolgt? Sind Sie nicht auch dieser Meinung? Ganz offensichtlich haben die Geister Sie dazu auserkoren, Licht in diese Angelegenheit zu bringen.«

Poirot beobachtete seinen seltsamen Besuch nachdenklich. Was sonderbarerweise seine Aufmerksamkeit am meisten fesselte, waren die schlauen Äuglein der Frau. Sie verliehen dem wirren Gerede einen beklemmenden Nachdruck.

»Darf ich fragen, Mrs. Cloade –«, hub Poirot an und hielt dann stirnrunzelnd inne. »Mir ist, als hätte ich den Namen schon einmal gehört.«

Sie nickte lebhaft.

»Natürlich. Mein armer Schwager – Gordon. Wahnsinnig reich und sehr oft in den Zeitungen erwähnt. Er starb infolge eines Luftangriffs vor gut anderthalb Jahren. Es war ein schrecklicher Schlag für uns alle. Mein Mann ist ein jüngerer Bruder von Gordon. Er ist Arzt, Dr. Lionel Cloade . . .« Sie fuhr mit verhaltener Stimme fort. »Er hat natürlich keine Ahnung davon, daß ich Sie aufsuche. Er wäre sehr dagegen. Ärzte neigen im allgemeinen zu einer mehr materialistischen Einstellung. Spiritismus scheint ihnen völlig wesensfremd zu sein. Sie vertrauen ihr Schicksal der Wissenschaft an. Aber was – frage ich – kann die Wissenschaft schon? Was ist die Wissenschaft überhaupt?«

Auf diese Frage schien es für Hercule Poirot keine andere

Antwort zu geben, als Mrs. Cloade einen ausführlichen Vortrag zu halten über das Leben und Wirken so großer Persönlichkeiten wie Pasteur, Lister, Koch, Edison und über die wohltuende Annehmlichkeit des elektrischen Lichts wie hundert anderer nicht minder epochemachender Erfindungen. Doch das war selbstverständlich nicht die Antwort, die Mrs. Lionel Cloade zu hören wünschte. Genau betrachtet erheischte ihre Frage, wie so viele Fragen, überhaupt keine Antwort. Sie war rein rhetorisch.
Hercule Poirot begnügte sich daher mit der nüchternen Erkundigung:
»Und in welcher Angelegenheit suchen Sie meine Hilfe, Mrs. Cloade?«
»Glauben Sie an das Vorhandensein einer Geisterwelt, Monsieur Poirot?«
»Ich bin ein guter Katholik«, erwiderte Poirot ausweichend.
Mrs. Cloade tat den katholischen Glauben mit einem nachsichtigen Lächeln ab.
»Blind!« stellte sie fest. »Die Kirche ist blind, in Vorurteilen befangen und nicht imstande, die Schönheit jener Welt, die jenseits unseres Erdendaseins unser harrt, zu erkennen.«
»Um zwölf Uhr habe ich eine wichtige Besprechung«, bemerkte Hercule Poirot.
Mrs. Cloade lehnte sich vor; sie hatte den Hinweis verstanden.
»Ich will zur Sache kommen. Wäre es Ihnen möglich, eine verschollene Person aufzuspüren, Monsieur Poirot?«
Poirots Brauen schoben sich in die Höhe.
»Vielleicht«, erwiderte er vorsichtig. »Nur kann die Polizei in solchen Fällen von weit größerer Hilfe sein als ich. Ihr steht der nötige Apparat zur Verfügung.«
Mrs. Cloade tat die Polizei mit dem gleichen nachsichtigen Lächeln ab, das sie für die katholische Kirche übrig gehabt hatte.
»Nein, Monsieur Poirot. Die Stimmen aus der Geisterwelt haben mich zu Ihnen geführt, nicht zur Polizei. Hören Sie gut zu. Ein paar Wochen vor seinem Tod hat mein Schwager

geheiratet. Eine junge Witwe, eine gewisse Mrs. Underhay. Der erste Mann dieser Mrs. Underhay soll in Afrika gestorben sein. Schrecklich für die junge Frau, finden Sie nicht? Sie erhielt aus Afrika einen Bericht über den Tod ihres Mannes. Ein geheimnisvolles Land – Afrika.«
»Ein geheimnisvoller Erdteil«, berichtigte Poirot sachlich. »Welcher Teil Afrikas war –«
»Zentralafrika«, fiel Mrs. Cloade eifrig ein. »Wo die Voodoos und die Zombies –«
»Die Zombies sind in Westindien beheimatet«, wandte Poirot ein, doch nahm Mrs. Cloade hiervon keine Notiz.
»– die Schwarze Magie, seltsame Sitten und Gebräuche daheim sind«, fuhr sie mit dramatisch erhobener Stimme fort. »Ein von Geheimnissen umwobenes Land, in dem ein Mann untertauchen könnte, ohne die geringste Spur zu hinterlassen.«
»Möglich, möglich«, gab Poirot zu. »Aber das gleiche trifft auch auf Piccadilly Circus zu.«
Mrs. Cloade tat Piccadilly als nicht zur Sache gehörig ab.
»Zweimal haben wir in jüngster Zeit die Botschaft eines Geistes erhalten, der sich selbst Robert nennt. *Nicht tot* . . . Die Botschaft stürzte uns zunächst in schreckliche Verwirrung. Wir konnten uns an keinen Robert erinnern. Wir baten um einen helfenden Hinweis, und da wurden uns die Buchstaben R. U. übermittelt. *Erzähle R.,* hieß es weiter. Wir sollen Robert berichten? erkundigten wir uns. Nein, hieß es, ihr sollt *von Robert* berichten. Wir standen noch immer vor einem Rätsel. Was soll denn das U bedeuten? forschten wir. Und da vernahmen wir den Takt einer Melodie. Ta-ta-ta tatata, ta-ta-ta tatata. Verstehen Sie?«
»Nein, ich verstehe kein Wort.«
Mrs. Cloade betrachtete ihn mitleidig.
»Kennen Sie nicht das Kinderlied: Unter einem Heustock, unter einem Heustock . . . schläft ein kleiner Bub. *Unter* dem *Heu*stock . . . begreifen Sie nun? *Unter* dem *Heu,* das bedeutet doch ganz offensichtlich Underhay.«
Poirot fand dies nicht ganz so offensichtlich, doch verzich-

tete er darauf, sich zu erkundigen, wieso der Name Underhay nicht buchstabiert werden konnte, wenn sich das Kunststück mit dem Namen Robert hatte vollführen lassen, und warum der Geist plötzlich zu einer Art primitivem Geheimdienst-Jargon seine Zuflucht nehmen mußte.
»Und der Name meiner Schwägerin ist Rosaleen«, beendete Mrs. Cloade triumphierend ihre Erzählung. »Diese vielen Rs sind natürlich ein wenig verwirrend, aber die Bedeutung liegt auf der Hand: *Berichte Rosaleen, daß Robert Underhay nicht tot ist.*«
»Und haben Sie es ihr berichtet?«
Die unverblümte Frage brachte Mrs. Cloade etwas aus der Fassung, aber sie hatte sich gleich wieder im Griff.
»Tja, sehen Sie ... das ist so ... die Menschen neigen im allgemeinen dazu, alles Unerwartete skeptisch zu betrachten. Ich war überzeugt, Rosaleen würde sehr skeptisch sein. Und außerdem würde es doch eine furchtbare Aufregung für sie bedeuten. Die Arme! Sie würde beunruhigt sein und wissen wollen, wo ihr früherer Mann steckt und was er treibt.«
»Was er treibt, abgesehen davon, seine Stimme durch den Äther zu senden, meinen Sie? Eine ungewöhnliche Methode, über den Stand des eigenen Befindens zu berichten, das muß man allerdings sagen.«
»Ach, Monsieur Poirot, Sie leben nicht in Verbindung mit der Geisterwelt. Und woher sollen wir wissen, welche Umstände ihn zu diesem Vorgehen veranlaßten? Der arme Captain Underhay – oder ist er Major? – schmachtet vielleicht irgendwo im finsteren Afrika in gräßlicher Gefangenschaft! Doch wenn man ihn aufspüren könnte? Wenn es gelänge, ihn in die Arme seiner geliebten Rosaleen zurückzuführen! Stellen Sie sich das Glück der jungen Frau vor, Monsieur Poirot! Oh, Monsieur Poirot, eine höhere Macht hat mich zu Ihnen geführt. Sie werden doch einen Auftrag aus der Geisterwelt nicht zurückweisen?«
Poirot betrachtete die exaltierte Dame kühl.
»Mein Honorar ist sehr hoch«, erklärte er höflich. »Man

kann sogar sagen: außerordentlich hoch. Und die mir zugedachte Aufgabe scheint mir sehr schwierig.«
»Ach, du meine Güte ... das ist wirklich unangenehm ... wir befinden uns leider in etwas beschränkten Verhältnissen, schlechten Verhältnissen kann man ruhig sagen, schlechteren sogar, als mein Mann überhaupt ahnt. Ich habe nämlich Aktien erworben – einer spiritistischen Eingebung folgend –, und bis jetzt hat sich diese Eingebung als sehr wenig nutzbringend erwiesen, eher besorgniserregend, um die Dinge beim richtigen Namen zu nennen. Kaum hatte ich die Aktien gekauft, fielen sie, und im Augenblick stehen sie so niedrig, daß sie praktisch unverkäuflich sind.«
Sie blickte Poirot mit einem bangen Ausdruck an, als erwarte sie einen tröstlichen Rat von ihm.
»Ich habe bisher noch nicht den Mut gehabt, meinem Mann mein Pech einzugestehen. Ich habe es Ihnen nur erzählt, um Ihnen die Situation zu erklären, in der ich mich befinde. Aber denken Sie doch, mein lieber Monsieur Poirot, welch edelmütige Tat es wäre, ein junges Paar wieder zusammenzubringen.«
»Edelmut, *chère madame,* wird leider weder bei der Eisenbahn noch bei Fluggesellschaften oder Schiffahrtslinien in Zahlung genommen, und genausowenig kann man damit Telegrammspesen decken.«
»Aber sobald er gefunden wird – ich meine, sobald Captain Underhay lebend gefunden wird –, steht es wirklich ganz außer Frage, daß Ihnen alle Auslagen ersetzt werden und Sie ein gutes Honorar bekommen.«
»Ah, er ist also reich, dieser Captain Underhay?«
»Nein, das nicht«, beeilte sich Mrs. Cloade zu erwidern. »Aber ich gebe Ihnen mein Wort, daß es dann nicht die geringsten Schwierigkeiten bereiten wird, allen finanziellen Verpflichtungen nachzukommen.«
Poirot schüttelte bedächtig den Kopf.
»Ich bedaure unendlich, Madame, aber meine Antwort lautet: nein.«
Es war nicht ganz einfach, die spiritistisch erleuchtete Dame

dazu zu bringen, sich mit diesem abschlägigen Bescheid zu begnügen.
Als sie endlich gegangen war, blieb Poirot einen Moment lang sinnend stehen. Er erinnerte sich an das Gerede Major Porters im Club an jenem Tag, als man durch den Fliegeralarm dort festgehalten worden war. Die Geschichte des Majors, der niemand Aufmerksamkeit schenkte, hatte sich um einen Mann namens Cloade gedreht. Poirot erinnerte sich auch an das Zeitungsrascheln, das Aufstehen eines Herrn und die damit verbundene Bestürzung des Majors.
Doch mehr noch als diese Erinnerung beschäftigte ihn die sonderbare Dame, die ihn soeben verlassen hatte und über die er sich absolut nicht schlüssig werden konnte. Die spiritistische Ader, das teils forsche, teils vage Geplapper, der wehende Schal und die klirrenden Ketten und Armbänder voller Amulette, dazu das plötzliche schlaue Glitzern in den blaßblauen Augen – das alles schien so gar nicht zusammenzupassen.
»Warum ist sie nur zu mir gekommen?« fragte er sich. »Und was hat sich wohl in« – er warf einen Blick auf die Visitenkarte auf dem Tisch –, »in Warmsley Vale zugetragen?«

Genau fünf Tage nach dem seltsamen Besuch fiel Hercule Poirot eine Zeitungsnotiz ins Auge, die besagte, daß in Warmsley Vale, einem bescheidenen Dorf unweit der bekannten Warmsley-Heath-Golfanlage, ein Mann namens Enoch Arden tot aufgefunden worden war.
Und zum zweiten Mal fragte Poirot sich:
»Was hat sich wohl in Warmsley Vale zugetragen?«

2

Warmsley Heath besteht aus einem Golfplatz, zwei Hotels, einigen überaus eleganten Villen, alle mit Blick auf den Golfplatz gebaut, sowie einer Reihe ehemaliger – das heißt: vor dem Kriege – Läden für Luxusartikel und einem Bahnhof.
Von diesem Bahnhof aus führt eine Landstraße nach London; nach der entgegengesetzten Seite zweigt ein kleiner Weg ab, der durch ein Schild als »Fußweg nach Warmsley Vale« gekennzeichnet ist.
Das inmitten waldiger Hügel versteckte Warmsley Vale ist grundverschieden von Warmsley Heath. Es ist ein nie wichtig gewesener Marktflecken, der im Laufe der Zeit zu völliger Bedeutungslosigkeit herabsank. Es gibt dort eine sogenannte Hauptstraße mit alten Häusern, selbstverständlich einige Gasthäuser und vereinzelte, denkbar einfache Läden, vor allem aber eine Atmosphäre der Weltabgeschiedenheit, als läge der Ort hundertfünfzig und nicht achtundzwanzig Meilen von London entfernt.
Sämtliche Einwohner von Warmsley Vale sind sich einig in ihrer Verachtung für das pilzgleiche Aufschießen Warmsley Heaths.
Am Rand des Ortes stehen einige hübsche Häuschen mit verträumten alten Gärten, und in eines dieser Häuschen kehrte Lynn Marchmont zurück, als sie im Frühjahr 1946 aus dem Frauenhilfsdienst entlassen wurde.
Am dritten Morgen nach ihrer Heimkehr stand sie am Fenster ihres Schlafzimmers und atmete in vollen Zügen die frische, nach Erde und feuchten Wiesen riechende Luft ein. Zweieinhalb Jahre hatte sie diesen Geruch vermißt.
Herrlich war es, wieder daheim zu sein, herrlich, wieder in dem geliebten eigenen Zimmer zu stehen, nach dem sie sich so oft gesehnt hatte in diesen vergangenen Jahren, die sie jenseits des Ozeans verbracht hatte, und herrlich, statt in die Uniform wieder in Rock und Bluse schlüpfen zu können, selbst wenn die Motten sich während der Kriegsjahre über Gebühr daran gütlich getan hatten.

Es tat gut, wieder ein freies Wesen zu sein, obwohl Lynn gern Dienst getan hatte. Die Arbeit war interessant gewesen, auch an Abwechslung und Vergnügen hatte es nicht gefehlt, aber das Gefühl, ständig mit anderen Menschen zusammengepfercht zu sein, hatte doch von Zeit zu Zeit das verzweifelte Verlangen in ihr geweckt, auszureißen, um endlich einmal allein sein zu können.
Und wenn diese Sehnsucht sie packte, stand plötzlich Warmsley Vale mit dem anspruchslosen Haus vor ihrem inneren Auge und natürlich auch die liebe gute Mama.
Lynns Verhältnis zu ihrer Mutter war eigenartig. Sie liebte sie und fühlte sich gleichzeitig verwirrt und manchmal peinlich berührt durch Mrs. Marchmonts Art. Aber fern von daheim hatte sich dieser Eindruck verwischt oder nur dazu beigetragen, die Sehnsucht nach Hause zu verstärken. Ach, was hätte sie darum gegeben, hätte sie dort draußen im Fernen Osten nur einmal Mamas liebe, stets etwas klagend klingende Stimme eine ihrer ewig wiederholten Redensarten sagen hören!
Und nun war sie daheim, schon drei Tage. Es gab keinen Dienst mehr, sie konnte sich als freier Mensch fühlen, und doch begann bereits eine seltsame Ungeduld Besitz von ihr zu ergreifen. Es war genau wie früher – viel zu genau wie früher –, das Haus und die Mama und Rowley und die Farm und die Familie. Was sich geändert hatte und eben nie hätte ändern dürfen, das war sie selbst.
»Lynn . . .« Mrs. Marchmonts dünnes Stimmchen drang von unten herauf. »Soll ich meinem Töchterchen das Frühstück vielleicht ans Bett bringen?«
»Aber nein, ich komme selbstverständlich runter!« rief Lynn mit mühsam unterdrückter Ungeduld zurück.
Warum sie nur immer von mir als ihrem Töchterchen redet, dachte sie ärgerlich. Es klingt so albern.
Sie ging hinunter und betrat das Speisezimmer.
Es gab kein besonders gutes Frühstück. Aber das erbitterte Lynn weniger als die Feststellung, wieviel Kraft und Zeit in ihrem Elternhaus auf die Nahrungsbeschaffung verschwen-

det wurde. Abgesehen von einer wenig zuverlässigen Frau, die viermal wöchentlich einen halben Tag helfen kam, quälte sich Mrs. Marchmont allein mit dem Haushalt ab. Sie war beinahe vierzig Jahre alt gewesen, als Lynn geboren wurde, und um ihre Gesundheit war es nicht allzugut bestellt. Es kam Lynn mit zunehmendem Unbehagen zu Bewußtsein, wie sehr sich auch die finanzielle Lage daheim geändert hatte. Das nie besonders hohe, aber absolut ausreichende Einkommen, das ihnen vor dem Krieg gestattet hatte, ein angenehm sorgloses Leben zu führen, wurde durch die Steuern beinahe um die Hälfte geschmälert. Die Ausgaben aber waren alle gestiegen.

Schön sieht es aus in der Welt, dachte Lynn grimmig. Sie überflog die Stellengesuche in der Zeitung. »Demobilisierter Soldat sucht Posten, der Initiative und Fahrausweis verlangt.« – »Ehemalige Frauenhilfsdienstlerin sucht Anstellung, wo ihr ausgeprägtes Organisationstalent und die Fähigkeit, Aufsicht zu führen, von Nutzen sein könnten.«

Unternehmungslust, Organisationstalent, Initiative – das wurde angeboten. Doch was wurde verlangt? Frauen, die kochen und putzen konnten oder geübte Stenotypistinnen waren.

Nun, sie brauchte sich in dieser Beziehung keine grauen Haare wachsen zu lassen. Ihr Weg lag klar vor ihr. Sie würde ihren Vetter Rowley Cloade heiraten. Vor sieben Jahren, kurz vor Ausbruch des Krieges, hatten sie sich verlobt. Solange sie zurückdenken konnte, war es selbstverständlich gewesen, daß sie eines Tages Rowley heiraten würde. Seine Liebe zum Landleben und der Arbeit auf einer Farm hatte sie stets geteilt. Ein gutes Leben lag vor ihnen, kein sehr abenteuerliches oder aufregendes Leben, sondern Tage erfüllt von harter Abeit, aber sie liebten beide die Natur und den Duft der Wälder und Wiesen sowie die Pflege der Tiere.

Ihre Aussichten waren allerdings nicht mehr so rosig wie früher einmal. Onkel Gordon hatte stets versprochen gehabt –

Mrs. Marchmont unterbrach Lynns Gedankengang.

»Es war ein schrecklicher Schlag für uns, Lynn, wie ich dir ja schon geschrieben habe. Gordon war gerade zwei Tage in England. Wir hatten ihn noch nicht einmal gesehen. Wenn er nur nicht in London geblieben, sondern geradewegs hierhergekommen wäre!«
»Ja, wenn . . .«
Als Lynn fern von daheim die Nachricht vom Tod ihres Onkels erreichte, hatte sie Kummer und Entsetzen bei ihr ausgelöst. Welche Folgen für sie alle jedoch mit dem Ableben Gordon Cloades verbunden waren, begann ihr erst jetzt klarzuwerden.
Solange sie sich erinnern konnte, hatte Gordon Cloade in ihrem Leben – und auch im Leben der anderen Familienmitglieder – eine hervorragende Rolle gespielt. Der wohlhabende, reiche Mann hatte sich stets seiner gesamten Verwandtschaft angenommen und bestimmend in ihr Schicksal eingegriffen.
Selbst Rowley bildete da keine Ausnahme. Er hatte mit seinem Freund Johnnie Vavasour zusammen eine Farm übernommen, und Gordon, der selbstverständlich um Rat gefragt worden war, hatte der Übernahme zugestimmt.
Lynn gegenüber hatte er sich deutlicher geäußert.
»Um eine Farm rentabel zu bewirtschaften, braucht man Kapital, aber ich möchte erst einmal sehen, ob die beiden jungen Männer wirklich das Zeug dazu haben, tüchtige Farmer zu werden. Würde ich ihnen jetzt Geld zuschießen, wäre es ein leichtes für sie, aber ich könnte nie beurteilen, wie weit ihre eigene Leistungsfähigkeit und ihr Durchhaltevermögen gehen. Lasse ich sie jetzt aber ihre Probleme allein durchkämpfen, und ich sehe nach einer gewissen Zeit, daß es ihnen ernst ist und daß sie gewillt sind, ihre ganze Kraft einzusetzen, dann brauchst du dir keine Sorgen zu machen, Lynn, dann werde ich ihnen mit dem nötigen Kapital unter die Arme greifen. Hab keine Angst vor der Zukunft, Mädchen. Du bist die richtige Frau für Rowley, das weiß ich. Aber behalte das, was ich dir eben gesagt habe, für dich.«
Sie hatte Wort gehalten und keine Silbe von dem Gespräch

verlauten lassen, doch Rowley hatte ohnehin das wohlwollende Interesse gespürt, das der Onkel seinem Unternehmen entgegenbrachte. Es war an ihm, dem alten Herrn zu beweisen, daß Johnnie Vavasour und er selbst es wert waren, in ihrem Bestreben unterstützt zu werden.

Und so waren sie alle mehr oder weniger von Gordon Cloade abhängig gewesen. Nicht, daß sie sich etwa darauf verlassen und die Hände in den Schoß gelegt hätten. Jeremy Cloade war Seniorpartner in einem Anwaltsbüro, Lionel Cloade praktizierte als Arzt.

Aber das beruhigende Gefühl, daß es Gordon Cloade und sein Geld gab, verlieh doch Sicherheit. Es bestand kein Grund, besonders zu geizen oder zu sparen. Die Zukunft war gesichert; Gordon Cloade, der kinderlose Witwer, würde sich im Notfall ihrer aller annehmen. Mehr als einmal hatte er ihnen das versichert.

Gordons verwitwete Schwester, Adela Marchmont, blieb in dem geräumigen weißen Haus wohnen, als es ratsamer gewesen wäre, ein kleineres, nicht so viel Arbeit verursachendes Haus zu beziehen. Lynn besuchte die besten Schulen, und wäre der Krieg nicht dazwischengekommen, hätte es ihr freigestanden, sich, unbekümmert um die Ausbildungskosten, einen ihr zusagenden Beruf zu wählen. Onkel Gordons Schecks trafen mit angenehmer Regelmäßigkeit ein und gestatteten mancherlei Luxus.

Alles lief in wunderbar ruhigem, sicherem Fahrwasser, bis plötzlich, aus heiterem Himmel, die Nachricht von Gordon Cloades Heirat kam.

»Wir waren alle wie vor den Kopf gestoßen«, gestand Adela. »Daß Gordon noch mal heiraten könnte, war das letzte, das einer von uns vermutet hätte. Über Mangel an Familie konnte er sich doch weiß Gott nicht beklagen.«

O nein, dachte Lynn, Mangel an Familie sicher nicht, vielleicht aber zu viel.

»Er war immer so reizend«, fuhr Mrs. Marchmont fort. »Obwohl er sich manchmal ein klein wenig tyrannisch gebärdete. Daß wir keine Tischtücher benutzen, konnte er, zum Bei-

spiel, gar nicht leiden. Er bestand darauf, daß ich mich an die altmodische Sitte vorschriftsmäßig gedeckter Tische hielt. Aus Italien brachte er mir die herrlichsten venezianischen Spitzendecken mit.«
»Es zahlte sich jedenfalls aus, ihm nachzugeben«, entgegnete Lynn trocken. »Wie hat er eigentlich seine zweite Frau kennengelernt? Darüber hast du mir nie etwas geschrieben.«
»Ach, an Bord irgendeines Schiffs oder Flugzeugs auf einer seiner Reisen von Südamerika nach New York, glaube ich. Unvorstellbar, nach all den Jahren und nach den unzähligen Sekretärinnen und Stenotypistinnen und Haushälterinnen, die er hatte.«
Lynn mußte unwillkürlich lächeln. Die Sekretärinnen und Hausangestellten Onkel Gordons waren von seiten der Verwandtschaft von jeher mit äußerstem Argwohn betrachtet worden.
»Sie wird sehr hübsch sein, nehme ich an«, sagte sie.
»Ehrlich gestanden, meine Liebe, finde ich ihr Gesicht eher ausdruckslos. Ein bißchen dümmlich.«
»Du bist eben kein Mann, Mama.«
»Man muß natürlich in Erwägung ziehen, daß das arme Ding einen Bombenangriff hinter sich hat und wirklich schrecklich krank war infolge der furchtbaren Erlebnisse. Meiner Meinung nach hat sie sich von ihrer Krankheit nie richtig erholt. Ein Nervenbündel ist sie, und zeitweise wirkt sie direkt wie geistig zurückgeblieben. Ich kann mir nicht vorstellen, daß sie Gordon eine seinen geistigen Interessen gewachsene Person gewesen ist.«
Lynn bezweifelte, daß sich ihr Onkel eine um so viel jüngere Frau genommen hatte, um eine seinen geistigen Ansprüchen gewachsene Partnerin neben sich zu wissen.
»Und dann kommt hinzu – aber es ist mir schrecklich peinlich, das aussprechen zu müssen –, daß sie keine Dame ist.«
»Wie altmodisch, Mama! Was hat das heutzutage noch zu sagen?«
»Auf dem Lande ist man noch altmodisch, Lynn. Und ich

meine damit, daß sie eben einfach nicht in unsere Kreise paßt.«
»Die Arme!«
»Ich verstehe nicht, was du damit ausdrücken willst«, erwiderte Mrs. Marchmont gekränkt. »Wir haben uns alle sehr zusammengenommen und bemüht, höflich und freundlich zu ihr zu sein. Schon Gordon zuliebe.«
»Sie wohnt in Furrowbank?« erkundigte sich Lynn.
»Natürlich. Wo sollte sie sonst wohnen? Die Ärzte sagten, als sie aus der Klinik entlassen wurde, sie müßte von London weg. Also lag es doch nahe, nach Furrowbank zu ziehen. Sie lebt dort mit ihrem Bruder.«
»Was ist das für ein Mensch?«
»Ein schrecklicher junger Mann«, erwiderte Mrs. Marchmont und fügte nach einer kleinen Pause hinzu: »Ein völlig ungehobelter Geselle.«
In Lynn flackerte Sympathie für die junge Frau und ihren unerwünschten Bruder auf. Ich wäre an seiner Stelle sicher auch ungehobelt, ging es ihr durch den Kopf.
»Wie heißt er denn?«
»Hunter. David Hunter«, gab die Mutter Auskunft. »Es scheinen Iren zu sein. Natürlich keine Familie, von der man jemals gehört hat. Sie war verwitwet und hieß Mrs. Underhay. Es liegt mir nichts ferner, als hartherzig zu sein, aber man muß sich doch fragen, was für eine sonderbare Witwe das ist, die mitten im Krieg von Südamerika dahergereist kommt. Unwillkürlich folgert man daraus, daß sie herumreiste, um sich einen reichen Gatten einzufangen.«
»Was ihr – wenn du recht haben solltest – ja auch gelungen ist«, bemerkte Lynn.
Mrs. Marchmont seufzte.
»Dabei war Gordon stets so auf der Hut. Nicht, als ob die Frauen nicht stets hinter ihm hergewesen wären. Erinnerst du dich noch an diese letzte Sekretärin? Mein Gott, wie hat sich das Mädchen an ihn gehängt. Sie war sehr tüchtig, aber er mußte sie sich vom Hals schaffen.«
»Vermutlich gibt es früher oder später immer ein Waterloo.«

»Zweiundsechzig ist eben ein gefährliches Alter«, fuhr Mrs. Marchmont fort. »Und in Kriegszeiten, scheint mir, ist alles besonders schwierig vorauszusehen. Ich kann dir nicht schildern, welche Aufregung sein Brief aus New York bei uns auslöste.«

»Was hat er denn eigentlich geschrieben?«

»Der Brief war an Frances adressiert. Ich denke, weil Gordon für Frances' Erziehung gesorgt hatte, hielt er sie für am ehesten verständnisbereit. Er schrieb, wir würden sicher alle sehr überrascht sein, daß er sich so plötzlich wieder verheiratet habe, aber er sei sicher, daß wir sehr bald Rosaleen – was für ein verrückter Name, findest du nicht? So theatralisch! –, also daß wir sie bald liebgewinnen würden. Sie hätte ein schweres Leben gehabt und trotz ihrer Jugend schon viel Bitteres erleben müssen, und es sei bewundernswürdig, wie sie sich allen Schicksalsschlägen zum Trotz bisher im Leben behauptet habe. Und Gordon fuhr fort, wir sollten ja nicht annehmen, daß dies in seinen Beziehungen zur Familie die geringste Lockerung bedeute. Nach wie vor fühle er sich für unser aller Wohlergehen verantwortlich.«

»Aber er verfaßte nach seiner Heirat kein Testament?« fragte Lynn.

»Nein.« Mrs. Marchmont schüttelte den Kopf. »Das letzte Testament, von dem wir wissen, stammt aus dem Jahr 1940. Die Einzelheiten sind mir unbekannt, aber er sagte uns damals, wir sollten uns keine Gedanken machen, es wäre für uns alle gesorgt, falls ihm etwas zustieße. Durch seine Heirat ist dieses Testament natürlich gegenstandslos geworden. Ich bin überzeugt davon, daß es seine Absicht war, ein neues aufzusetzen nach seiner Heimkehr. Aber es kam nicht mehr dazu. Er starb am Tag nach seiner Ankunft.«

»Und jetzt fällt alles Rosaleen in den Schoß?«

»Ja, weil das alte Testament durch die Heirat ungültig geworden ist.«

Lynn versank in Schweigen. Sie war kein besonders materiell eingestellter Mensch, daß ihr aber diese unerwartete

Veränderung der Situation zu denken gab, war schließlich nur menschlich.
Die Entwicklung der Dinge entsprach sicher nicht Gordon Cloades Plänen. Den Löwenanteil seines Vermögens hätte er vermutlich seiner jungen Frau vermacht, aber seine Familie wäre nicht leer ausgegangen, besonders nachdem er immer und immer wieder versichert hatte, daß für alle gesorgt sei. Es bestehe kein Anlaß für sie zu sparen, hatte er stets wiederholt, und sie selbst war Zeuge gewesen, wie er zu Jeremy sagte: »Wenn ich sterbe, wirst du reich sein.« Und Lynns Mutter hatte er geraten: »Bleib in eurem Haus. Es ist dein Heim. Wegen Lynn mach dir keine Gedanken. Ich übernehme die Verantwortung für sie, das weißt du. Es wäre mir schrecklich, würdest du aus Sparsamkeitsgründen umziehen. Schick die Rechnungen für alle Reparaturen mir.« Rowley hatte er zum Kauf der Farm ermutigt; Antony, Jeremys Sohn, war nur auf Gordons Drängen hin seinem heimlichen Wunsch gefolgt, die militärische Laufbahn einzuschlagen. Der wohlhabende Onkel hatte ihm allmonatlich ein reichliches Taschengeld zukommen lassen. Und Lionel Cloade war durch seinen Bruder veranlaßt worden, einen Großteil seiner Zeit wissenschaftlichen Forschungen, die kaum etwas einbrachten, zu widmen und seine Praxis dementsprechend zu vernachlässigen.
Lynns Gedankengang wurde wieder durch ihre Mutter unterbrochen. Mit zitternden Lippen wies Mrs. Marchmont auf ein Bündel Rechnungen.
»Schau dir das an«, klagte sie. »Was soll ich nur machen? Wie um Himmels willen soll ich diese Rechnungen jemals bezahlen? Von der Bank habe ich heute morgen einen Brief bekommen, mein Konto sei überzogen. Ich verstehe das gar nicht. Ich bin doch so sparsam. Wahrscheinlich bringen meine Anlagen kaum mehr etwas. Und dann sind da natürlich diese schrecklichen Steuern und außerordentlichen Abgaben – Kriegsschädensteuer und so weiter. Man muß zahlen, ob man will oder nicht.«
Lynn überflog die Rechnungen. Es befand sich wirklich

keine unnötige Ausgabe darunter. Dachziegel, Installation des längst benötigten neuen Küchenboilers, eine Reparatur der Wasserleitung – alles zusammen ergab einen beträchtlichen Betrag.
»Wir müßten natürlich hier ausziehen«, erklärte Mrs. Marchmont mit wehleidiger Stimme. »Aber wo sollen wir hin? Es gibt einfach kein kleines Haus, das in Frage käme. Ach, es ist mir wirklich schrecklich, daß ich dich mit diesen Dingen behelligen muß, Lynn, wo du kaum heimgekommen bist, aber ich weiß mir keinen Rat. Ich weiß mir beim besten Willen keinen Rat.«
Lynn musterte ihre Mutter. Mrs. Marchmont war nun über sechzig und ihr Leben lang nicht besonders widerstandsfähig gewesen. Während des Krieges hatte sie Evakuierte aus London bei sich aufgenommen, hatte für sie gekocht und sich um sie gekümmert, überdies bei der Schulfürsorge mit angepackt, Marmelade für die Wohlfahrtsempfänger gekocht und an die vierzehn Stunden am Tag gearbeitet, sehr im Gegensatz zu ihrem sorglosen, bequemen Leben vor dem Krieg. Lynn sah ihr an, daß sie nun am Ende ihrer Kraft und einem völligen Zusammenbruch nahe war.
Der Anblick der überarbeiteten, müden Frau ließ ein Gefühl der Erbitterung in ihr aufsteigen. Sie sagte langsam:
»Könnte diese Rosaleen uns denn nicht helfen?«
»Wir haben kein Recht, etwas zu beanspruchen«, erwiderte Mrs. Marchmont errötend.
»Doch«, entgegnete Lynn hart. »Ein moralisches Recht. Onkel Gordon hat uns immer geholfen.«
»Von jemandem Hilfe zu erbitten, den man nicht besonders mag, ist nicht sehr anständig«, entgegnete Mrs. Marchmont. »Und dieser Bruder – Rosaleens Bruder, meine ich – würde ihr niemals gestatten, auch nur einen Penny zu verschenken.«
Und dann siegte echt weiblicher Argwohn über alles andere, und sie fügte anzüglich hinzu:
»Wenn er überhaupt ihr Bruder ist.«

3

Frances Cloade musterte über den Tisch hinweg nachdenklich ihren Gatten.
Sie war achtundvierzig Jahre alt und eine jener Frauen, die am besten in sportlicher Kleidung aussehen. Ihr Gesicht war noch immer schön, wenn auch von einer arroganten und ein wenig verwitterten Schönheit, wozu noch beitrug, daß sie auf jedes Make-up verzichtete und nur einen – nachlässig aufgetragenen – Lippenstift benutzte. Jeremy Cloade war bereits dreiundsechzig, ein grauhaariger Mann mit einem stumpfen, ausdruckslosen Gesicht.
Heute sah er noch unbeteiligter drein als sonst. Seine Frau stellte dies mit einem verstohlenen Blick fest.
Ein fünfzehnjähriges Mädchen bediente bei Tisch. Es hantierte ungeschickt mit Schüsseln und Tellern, die Augen stets ängstlich auf Mrs. Cloade gerichtet. Runzelte ihre Herrin die Stirn, ließ Edna beinahe die Schüssel fallen, nickte Frances ihr jedoch anerkennend zu, strahlte das junge Ding übers ganze Gesicht.
Die Bewohner von Warmsley Vale waren sich bewußt, daß, wenn es überhaupt jemandem in diesen Zeiten gelang, Dienstboten zu bekommen, dies Frances Cloade war. Sie hatte eine besondere Art, mit dem Personal umzugehen. Ihr Mißfallen wie ihre Anerkennung waren gleich persönlich und interessiert, und sie schätzte eine gute Köchin mit der gleichen Selbstverständlichkeit, mit der sie einer guten Pianistin Anerkennung zollte.
Frances Cloade war die einzige Tochter Lord Edward Trentons, der seine Rennpferde in der Nähe von Warmsley Vale trainiert hatte. In eingeweihten Kreisen wurde Lord Edwards schließlicher Bankrott als ein glücklicher Ausgang von Ereignissen beurteilt, die leicht anders hätten enden können. Man hatte von Pferden getuschelt, die nicht so ins Rennen geschickt worden waren, wie dies die Vorschriften erheischten, und auch von Einvernahmen der Kellner des Jockey Clubs war eine Zeitlang die Rede gewesen, doch gelang es

Lord Edward, aus der etwas undurchsichtigen Affäre mit nur leicht lädiertem Ruf hervorzugehen und mit seinen Gläubigern eine Vereinbarung zu treffen, die es ihm nun gestattete, im schönen Südfrankreich ein beschauliches Leben zu führen. Und daß er so glimpflich davongekommen war, hatte er nicht zuletzt der Schlauheit und dem entschlossenen Vorgehen seines Anwalts Jeremy Cloade zu verdanken.
Jeremy Cloade hatte sich ganz besonders für diesen Klienten ins Zeug gelegt. Er hatte sogar persönliche Garantien übernommen und während der schwierigen Verhandlungen kein Hehl aus seiner Bewunderung für Frances Trenton gemacht. Als dann die Affäre zum glimpflichen Abschluß kam, wurde nach kurzer Zeit aus Frances Trenton Mrs. Jeremy Cloade.
Was Frances Trenton selbst von dieser Entwicklung hielt, erfuhr nie jemand. Sie erfüllte ihren Teil des Abkommens über jeden Tadel erhaben. Sie war Jeremy eine tüchtige und loyale Frau, seinem Sohn eine besorgte Mutter und gab sich Mühe, ihrem Mann in jeder Beziehung bei seinem Fortkommen behilflich zu sein. Nie verriet sie durch eine Handlung oder auch nur durch ein Wort, ob ihr Entschluß, Jeremy Cloade zu heiraten, freiem Willen oder dem Gefühl der Verpflichtung, für die Rettung ihres Vaters zu danken, entsprungen war.
Zum Dank für diese tadellose Haltung hegte die gesamte Familie Cloade ungeschmälerte Bewunderung für Frances. Man war stolz auf Frances, man unterwarf sich ihrem Urteil, aber man fühlte sich nie auf völlig vertrautem Fuß mit ihr.
Wie Jeremy Cloade über seine Heirat dachte, erfuhr man ebenfalls nicht, da überhaupt nie jemand Einblick in Jeremys Gedanken oder Empfindungen gewann. Sein Ruf als Mensch und als Anwalt war ausgezeichnet. Die Firma Cloade, Brunskill & Cloade war über jeden Zweifel erhaben. Die Geschäfte gingen gut, und die Cloades lebten in einem sehr hübschen Hause in der Nähe des Marktplatzes. Die Birnbäume in dem großen ummauerten Garten boten im Frühling den Anblick eines weißen Blütenmeers.
Das Ehepaar begab sich nach Tisch in ein Zimmer, welches, an der Rückfront des Hauses gelegen, auf den Garten hin-

ausging, und dorthin brachte Edna, das fünfzehnjährige Dienstmädchen, den Kaffee.
Frances schenkte ein. Der Kaffee war stark und heiß.
»Ausgezeichnet, Edna«, lobte sie.
Und Edna, vor Freude über die Anerkennung über und über rot werdend, verließ das Zimmer und wunderte sich, wie jemand schwarzen Kaffee ausgezeichnet finden konnte. Sollte Kaffee gut schmecken, mußte er ihrer Meinung nach sehr hell sein, viel Zucker und vor allem sehr viel Milch enthalten.
Frances lehnte sich in ihrem Stuhl zurück und warf ihrem Gatten einen prüfenden Blick zu. Jeremy war sich des Blickes bewußt und strich sich mit einer für ihn charakteristischen Geste mit der Hand über die Oberlippe. Doch Frances schaltete eine Pause des Nachdenkens ein, bevor sie zu sprechen begann. Ihre Ehe mit Jeremy war glücklich verlaufen, doch wirklich nahe waren sie sich nie gekommen, zumindest nicht, soweit es unter Eheleuten eigene vertrauliche Gespräche betraf. Sie hatte Jeremys Zurückhaltung stets respektiert, und ebenso hatte er es gehalten. Selbst als das Telegramm mit der Mitteilung von Antonys Tod im Felde kam, war keiner von ihnen zusammengebrochen.
Jeremy hatte das Telegramm geöffnet und dann zu Frances aufgeschaut, und sie hatte nur gefragt: »Ist es –?«
Er hatte den Kopf gesenkt und das zusammengefaltete Stück Papier in ihre ausgestreckte Hand gelegt.
Nach einer Weile schweigenden Beisammenstehens sagte Jeremy nur: »Ich wünschte, ich könnte dir helfen, meine Liebe.« Und sie antwortete mit fester, tränenloser Stimme: »Es ist für dich ebenso schlimm.«
»Ja«, hatte er erwidert, »ja.« Und mit steifen Schritten, plötzlich gealtert, zur Türe gehend, fügte er müde hinzu: »Was ist da zu sagen ... was ist da zu sagen ...«
Ein überströmendes Gefühl der Dankbarkeit war in ihr aufgestiegen. Dankbarkeit für sein wortkarges Verständnis und Mitleid mit ihm, der ohne Übergang zum alten Mann geworden schien, hatte ihr Herz erfüllt. Mit ihr selbst war nach

dem Tod ihres Sohnes eine Veränderung vor sich gegangen. Ihre im allgemeinen freundliche Art erstarb gleichsam, ein Panzer schloß sich um ihre Empfindungen, und es war, als verstärke sich der energische Zug in ihrem Wesen. Sie wurde noch tüchtiger und sachlicher – die Leute erschraken jetzt manchmal vor ihrer etwas barschen Art.
Zögernd strich Jeremy Cloade mit dem Finger über die Lippen, und schon klang es durch den Raum:
»Was gibt's, Jeremy.«
»Wie meinst du?« Jeremy schrak zusammen.
»Was es gibt, habe ich gefragt«, wiederholte seine Frau ungeduldig.
»Was soll es geben, Frances?«
»Mir wäre es lieber, du würdest mir's erzählen, anstatt mich raten zu lassen«, kam umgehend die Antwort.
»Nichts, Frances, es gibt nichts«, erklärte Jeremy wenig überzeugend.
Frances ersparte sich die Antwort auf ihres Mannes letzte Bemerkung. Sie schob sie als nicht zur Kenntnis genommen beiseite und schaute Jeremy eindringlich an. Er erwiderte ihren Blick unsicher.
Und für den Bruchteil einer Sekunde verflog die Stumpfheit in seinen Augen und machte einem erschreckenden Ausdruck abgrundtiefer Verzweiflung Platz. Es dauerte nur den Bruchteil einer Sekunde, aber Frances gab sich keiner Täuschung hin.
»Sag mir lieber, was dich bedrückt«, forderte sie ihren Mann auf, und ihre Stimme klang ruhig und sachlich wie immer, obwohl der plötzliche Wechsel in seinem Ausdruck eben ihr beinahe einen Schrei entlockt hätte.
Jeremy stieß einen tiefen Seufzer aus.
»Du mußt es schließlich doch erfahren, früher oder später«, meinte er.
Und er fügte – zu Frances' Erstaunen – hinzu:
»Ich fürchte, du hast mit mir ein schlechtes Geschäft gemacht.«
Frances fragte ohne lange Umschweife:

»Was ist los? Geld?«
Sie wußte selbst nicht, wieso ihr als erstes diese Möglichkeit in den Sinn kam. Es lagen keinerlei Anzeichen finanzieller Schwierigkeiten vor. In der Kanzlei gab es mehr Arbeit, als der kleine Mitarbeiterstab bewältigen konnte. Doch Mangel an Arbeitskräften herrschte überall, und einige Angestellte aus Jeremys Büro waren sogar kürzlich aus der Armee entlassen worden und in ihre alten Stellungen zurückgekehrt. Eher wäre zu vermuten gewesen, es sei eine heimliche Krankheit, die Jeremy bedrückte. Er sah seit einigen Wochen schlecht aus, und die frische Farbe war aus seinen Wangen gewichen. Aber Frances ließ sich von ihrem Instinkt leiten, der auf finanzielle Sorgen tippte, und allem Anschein nach hatte sie den Nagel auf den Kopf getroffen.
Jeremy nickte.
»Aha.«
Frances blieb einen Augenblick stumm. Sie dachte nach. Ihr selbst lag wenig an Geld, aber das zu begreifen war Jeremy nicht möglich. Für ihn bedeutete Geld das Vorhandensein einer um ihn festgefügten Welt mit Sicherheit und Zufluchtsmöglichkeiten, mit einem festen, angestammten Platz von eherner Unverrückbarkeit.
Für Frances hingegen bedeutete Geld etwas, womit man spielte, das einem in den Schoß fiel, um sich damit zu vergnügen. Sie war in einer Umgebung finanzieller Unsicherheit aufgewachsen. Hatten die Rennpferde die in sie gesetzten Erwartungen erfüllt, war alles in Hülle und Fülle vorhanden; dann wieder gab es Zeiten, wo die Händler sich weigerten, weiter auf Kredit zu liefern, und Lord Edward alle möglichen Tricks anwenden mußte, um die Geldeintreiber von der Schwelle zu verscheuchen. Hatte man kein Geld, dann borgte man sich eben bei Bekannten was oder lebte ein Weilchen bei Verwandten oder verzog sich nach Europa.
Doch ein Blick auf ihres Gatten Gesicht belehrte Frances, daß es in der Welt Jeremys keinen dieser Auswege gab. Dort lebte man nicht auf Pump oder nistete sich ein Weilchen bei guten Freunden ein. Umgekehrt erwartete man auch nicht,

um Geld angegangen zu werden oder Bekannte, die sich gerade in Nöten befanden, bei sich aufnehmen zu müssen. Frances hatte Mitleid mit Jeremy und konnte ein Gefühl der Schuld nicht ganz unterdrücken, weil ihr das alles überhaupt nicht naheging. Sie rettete sich ins Praktische.

»Müssen wir alles hier verkaufen? Ist die Firma am Ende?«

Jeremy Cloade zuckte zusammen, und zu spät kam es Frances zu Bewußtsein, daß sie schonungslos gesprochen hatte.

»Laß mich nicht länger im dunklen tappen, Jeremy«, sagte sie etwas weicher. »Schenk mir reinen Wein ein.«

Jeremy nahm sich zusammen.

»Du weißt, daß vor zwei Jahren die Affäre mit dem jungen Williams uns ziemlich zu schaffen machte«, hub er weitschweifig an. »Dann kam die veränderte Situation im Fernen Osten dazu. Es war nicht so einfach, nach Singapore –«

»Ach, Jeremy«, unterbrach sie ihn. »Spar dir die Erklärungen, warum und wieso es so ist, das ist doch nicht wichtig. Du bist in eine Sackgasse geraten und kannst dich nicht daraus befreien, ja?«

»Ich habe mich auf Gordon verlassen. Gordon hätte alles in Ordnung gebracht.«

Frances konnte einen leisen Seufzer der Ungeduld nicht unterdrücken.

»Nichts liegt mir ferner, als Gordon einen Vorwurf daraus machen zu wollen, daß er sich in eine hübsche junge Frau verliebt hat. Das ist schließlich nur menschlich. Und warum hätte er nicht noch mal heiraten sollen? Aber daß er bei dem Luftangriff umkam, bevor er noch ein Testament machen oder überhaupt nach dem Rechten sehen konnte, das ist ein schlimmer Schlag. Abgesehen von dem Verlust, den Gordons Tod für mich bedeutet«, fuhr Jeremy fort, »ist die Katastrophe ausgerechnet in einem Augenblick über mich hereingebrochen –« Er sprach nicht weiter.

»Sind wir bankrott?« erkundigte sich Frances unerschüttert.

Jeremy betrachtete seine Frau mit einem an Verzweiflung grenzenden Blick. So unbegreiflich Frances dies auch gewesen wäre, hätte Jeremy Cloade es doch viel besser verstan-

den, einer in Tränen aufgelösten Frau Rede und Antwort zu stehen als der sachlichen Frances.
»Bankrott? Es ist schlimmer als das«, erklärte er heiser.
Er beobachtete sie, wie sie stumm diese Erklärung aufnahm. Es nützte nichts. Gleich würde er es ihr sagen müssen. Gleich würde sie erkennen, was für ein Mensch er war. Wer weiß, vielleicht glaubte sie es ihm nicht einmal.
Frances Cloade richtete sich in ihrem Lehnstuhl auf.
»Ach so. Ich verstehe. Eine Veruntreuung, ja? Eine Unterschlagung? So etwas Ähnliches, wie es damals der junge Williams angestellt hat?«
»Ja, aber diesmal bin ich der Verantwortliche. Ich habe Gelder, die uns anvertraut waren, für eigene Zwecke benutzt. Bis jetzt ist es mir gelungen, alles zu vertuschen, aber –«
»Aber jetzt kommt es heraus?« forschte Frances interessiert.
»Wenn ich nicht schnell Geld auftreiben kann, ja.«
Schlimmer als alles war die Scham. Wie würde sie dieses Geständnis aufnehmen?
Frances saß, die Wange auf die Hand gestützt, da und dachte mit gerunzelter Stirn nach.
»Zu dumm, daß ich kein eigenes Geld besitze«, sagte sie endlich.
»Du hast natürlich deine Mitgift«, bemerkte Jeremy steif, doch Frances unterbrach ihn geistesabwesend:
»Aber die wird auch weg sein, nehme ich an.«
Es fiel Jeremy schwer weiterzusprechen.
»Es tut mir leid, Frances. Es tut mir sehr leid, mehr als ich dir sagen kann. Du hast ein schlechtes Geschäft gemacht.«
Sie blickte auf.
»Was meinst du damit? Das hast du vorhin schon behauptet.«
»Als du dich einverstanden erklärtest, mich zu heiraten«, erwiderte Jeremy würdevoll, »konntest du mit Recht annehmen, daß ich dir ein Leben ohne Peinlichkeiten, ein Leben ohne Sorgen und Demütigungen bereiten würde.«
Frances betrachtete ihren Mann mit äußerstem Erstaunen.
»Ja, aber Jeremy, was um Himmels willen glaubst du, hat mich veranlaßt, dich zu heiraten?«

Er lächelte überlegen.
»Du warst stets eine gute Frau, Frances, und du hast stets zu mir gehalten. Aber ich kann mir kaum schmeicheln, daß du mich auch unter – hm – andersgearteten Umständen zum Mann gewählt hättest.«
Frances starrte ihren Mann verdutzt an und brach dann in Lachen aus.
»Ach, du dummer Kerl, du! Was für romantische Gedanken du hinter deiner trockenen Juristenstirn verbirgst! Hast du wirklich geglaubt, ich hätte dich quasi zum Dank dafür, daß du Vater vor den Wölfen gerettet hast, geheiratet?«
»Du hast sehr an deinem Vater gehangen, Frances.«
»Ich vergötterte ihn. Er war der lustigste Kamerad, den man sich wünschen kann, und er sah fabelhaft aus. Aber deswegen habe ich mich doch nie Illusionen über ihn hingegeben. Und wenn du glaubst, ich hätte dich als Vaters Anwalt nur geheiratet, um ihn vor dem zu bewahren, was ihm unweigerlich früher oder später widerfahren mußte, dann kennst du mich nicht. Dann hast du mich überhaupt nie gekannt.«
Sie sah ihren Mann verblüfft an. Wirklich sonderbar, daß man über zwanzig Jahre mit einem Mann verheiratet sein konnte, ohne die leiseste Ahnung zu haben, was eigentlich in ihm vorging.
»Ich habe dich geheiratet, weil ich dich liebte«, stellte sie sachlich fest.
»Du liebtest mich? Aber was kann dir an mir gefallen haben?«
»Ach, was für eine Frage, Jeremy! Ich weiß es selbst nicht. Vielleicht weil du so anders warst als die Leute, die um meinen Vater herum waren. Und vielleicht auch, weil du nie über Pferde gesprochen hast. Du kannst dir gar nicht vorstellen, wie satt ich es hatte, über nichts anderes als Pferde und Rennen reden zu hören. Ich erinnere mich, wie du eines Abends zum Essen kamst und ich dich fragte, ob du mir erklären könntest, was Bimetallismus sei. Und du konntest es wirklich. Es dauerte zwar das ganze Essen lang – wir hatten damals gerade Geld und konnten uns einen fabelhaften französischen Koch leisten –«

»Ich muß dir schrecklich auf die Nerven gegangen sein.«
»Im Gegenteil! Ich war fasziniert. Kein Mensch hatte mich jemals zuvor so ernst genommen. Andrerseits schien ich überhaupt keinen Eindruck auf dich zu machen, und das reizte mich. Ich setzte mir in den Kopf, dich dazu zu bringen, mich zu beachten.«
»Ich beachtete dich mehr als genug«, versetzte Jeremy. »Du hattest ein blaues Kleid mit einem Kornblumenmuster an. Ich schlief damals die ganze Nacht nicht und dachte nur immer an dich in deinem blauen Kleid.«
Er räusperte sich.
»Ja ... das liegt alles so lange zurück.«
Sie half ihm geistesgegenwärtig, die aufkommende Verlegenheit zu überwinden.
»Und heute sitzen wir hier, ein Ehepaar mittleren Alters, das sich in Schwierigkeiten befindet und nach einer Lösung sucht.«
»Nach dem, was du mir jetzt gesagt hast, Frances, ist alles noch hundertmal schlimmer ... die Schande ...«
»Aber Jeremy! Streuen wir uns doch keinen Sand in die Augen. Du hast etwas getan, was mit dem Gesetz in Konflikt steht, stimmt. Möglich, daß man Anklage erhebt und dich zu Gefängnis verurteilt.« Jeremy zuckte unwillkürlich zusammen. »Aber Grund zu moralischer Entrüstung haben wir trotzdem nicht. Wir sind keine so schrecklich moralische Familie. Vater war ein charmanter Mann, das steht außer Frage, aber im Grunde doch ein kleiner Hochstapler. Na, und mein Vetter Charles, den man schleunigst in die Kolonien verfrachtete, als ein Prozeß drohte, oder mein anderer Vetter Gerald, der in Oxford einen Scheck fälschte und trotzdem später das Viktoriakreuz bekam für besondere Tapferkeit vor dem Feind – nein, Jeremy, kein Mensch ist nur gut oder nur schlecht. Daß ich selbst eine weiße Weste habe, liegt vielleicht nur daran, daß ich nie in Versuchung geraten bin. Aber eines steht fest: Ich habe Mut, Jeremy, und lasse mich nicht so leicht zur Verzweiflung bringen.«

Sie lächelte ihm zu, und er stand auf, kam steif auf sie zu und drückte ihr einen Kuß aufs Haar.
»Jetzt laß uns einmal vernünftig miteinander reden. Was können wir tun?« fuhr Frances nach kurzem Überlegen fort. »Irgendwo Geld auftreiben?«
Jeremys Gesicht verfinsterte sich.
»Ich wüßte nicht wo.«
»Es wird uns nichts anderes übrigbleiben, als von jemandem zu borgen. Und da kommt wohl nur Rosaleen in Frage.«
Er schüttelte den Kopf.
»Es handelt sich um eine größere Summe, und Rosaleen hat nicht das Recht, das Kapital anzugreifen. Sie hat nur die Nutznießung, solange sie lebt.«
»Ach so, das wußte ich nicht. Und was geschieht, wenn sie stirbt?«
»Dann bekommen Gordons Erben das Geld, das heißt, es wird zwischen uns, Lionel, Adela und Maurices Sohn Rowley geteilt.«
Etwas Unausgesprochenes lag in der Luft; der Schatten eines Gedankens schien sowohl Jeremy wie Frances zu streifen.
»Das Schlimmste ist, daß wir es weniger mit ihr zu tun haben als mit ihrem Bruder. Sie steht völlig unter seinem Einfluß«, bemerkte Frances nach kurzer Pause.
»Ein wenig anziehender Bursche«, sagte Jeremy.
Ein unvermitteltes Lächeln überflog Frances' Gesicht. »Im Gegenteil, er ist sogar sehr anziehend. Auffallend anziehend, und – wie mir scheint – ein bedingungsloser Draufgänger. Aber das bin ich im Grunde auch.«
Ihr Lächeln fror gleichsam ein.
»Wir geben uns nicht geschlagen, Jeremy. Es muß einen Ausweg geben. Ich werde ihn finden, und wenn mir nichts anderes übrigbleibt, als das Geld aus einer Bank zu stehlen.«

4

»Geld!« sagte Lynn.

Rowley Cloade nickte bedächtig. Er war ein kräftig gebauter junger Mann mit gesunder, von der Landluft gebräunter Haut, nachdenklichen blauen Augen und sehr hellem Haar. Das Gemessene in seiner Sprechweise und seinem Gehaben schien eher einer angenommenen Gewohnheit als natürlicher Veranlagung zu entsprechen. Wie manche Leute sich durch Schlagfertigkeit hervortun, fiel Rowley durch seine bedachtsame Art auf.

»Ja, heutzutage scheint sich wirklich alles nur noch um Geld zu drehen«, erwiderte er.

»Aber ich habe immer gedacht, während des Krieges sei es den Farmern ausgezeichnet gegangen«, versetzte Lynn.

»Stimmt. Aber das nützt auf die Dauer nichts. In einem Jahr stehen wir wieder da, wo wir angefangen haben. Die Löhne werden gestiegen sein, es wird Arbeitskräftemangel herrschen, und niemand wird wissen, was er eigentlich will. Wenn man eine Farm nicht in großem Stil betreiben kann, steht das Risiko in keinem Verhältnis zum Erfolg. Das wußte Gordon, und deshalb war er bereit, mir zu einem richtigen Start zu verhelfen.«

»Und jetzt . . .«, sagte Lynn vage.

»Jetzt fährt Mrs. Gordon nach London und gibt ein paar Tausender für einen hübschen Nerzmantel aus.«

»Es ist eine Gemeinheit.«

»O nein, Lynn.« Rowley lächelte. »Ich hätte nichts dagegen, könnte ich dir einen Nerzmantel kaufen.«

»Wie ist sie eigentlich, Rowley?«

»Du wirst sie heute abend ja mit eigenen Augen sehen. Onkel Lionel und Tante Kathie haben sie eingeladen.«

»Ich weiß, aber ich möchte hören, was du von ihr hältst. Mama behauptet, sie sei geistig zurückgeblieben.«

Rowley überlegte sich seine Antwort gründlich, bevor er erwiderte:

»Ihr Intellekt ist sicher nicht ihre stärkste Seite, aber geistig zurückgeblieben ist sie auch nicht. Sie wirkt nur manchmal so einfältig, weil sie ständig auf der Hut ist.«

»Auf der Hut? Wovor?«

»Ach, vor allem. Davor, sich durch ihren Akzent lächerlich zu machen, davor, bei Tisch das falsche Messer zu nehmen, davor, sich in einem Gespräch zu blamieren.«

»Ist sie wirklich völlig ungebildet?«

Rowley schmunzelte.

»Der Prototyp einer Dame ist sie bestimmt nicht, wenn du das damit sagen willst. Sie hat hübsche Augen, sehr schöne Haut und ist – sehr schlicht. Ich denke mir, daß gerade ihre Einfachheit Gordon den Kopf verdreht hat. Ob sie sich diese Schlichtheit nur zugelegt hat, weiß man natürlich nicht. Aber ich glaube nicht. Man kann es nicht recht beurteilen. Sie steht im allgemeinen nur da und läßt sich von David dirigieren.«

»David?«

»Ja, das ist ihr Bruder. Er ist bedeutend weniger unverfälscht als sie. Ich traue ihm jede Gerissenheit zu, die man sich denken kann. Uns liebt er nicht besonders.«

»Das kann man ihm nicht übelnehmen«, entfuhr es Lynn, und als Rowley sie erstaunt ansah, fügte sie hinzu: »Ihr könnt ihn doch auch nicht leiden.«

»Ich bestimmt nicht, und dir wird es nicht anders gehen. Er gehört nicht zu den Leuten, die uns liegen.«

»Wie willst du wissen, wer mir liegt und wer nicht, Rowley? Mein Horizont hat sich in den letzten Jahren erweitert.«

»Du hast mehr von der Welt zu sehen bekommen als ich, das ist wahr.«

Rowleys Stimme klang ruhig, aber Lynn sah trotzdem prüfend zu ihm hinüber. Die Bemerkung war nicht so bedeutungslos gewesen, wie sie sich angehört hatte. Lynn spürte den Unterton. Doch Rowley wich ihrem prüfenden Blick nicht aus. Es war nie einfach gewesen, die Gedanken hinter Rowleys glatter Stirn zu lesen, dachte Lynn. Was für eine verrückte Welt das doch war. In früheren Zeiten pflegten die Männer in den Krieg zu ziehen und die Frauen daheimzubleiben.

Von den beiden jungen Männern, die die Farm bewirtschafteten, Rowley und Johnnie, hatte notgedrungen einer daheimbleiben müssen. Sie hatten gelost, und Johnnie hatte das Los getroffen. Kurz nachdem er ausgezogen war, fiel er. In Norwegen. Und Rowley war auf der Farm geblieben und während all der Kriegsjahre höchstens eine Meile weit gekommen. Sie, Lynn, hingegen hatte Ägypten, Sizilien und Nordafrika gesehen und mehr als eine gefährliche Situation durchgestanden.

Ob Rowley wohl mit dem Schicksal haderte, das sie beide auf solcherart verdrehte Posten gestellt hatte? Sie stieß ein nervöses kurzes Lachen aus.

»Ist es dir sehr schwergefallen, Rowley, daß Johnnie ... ich meine, daß er –«

»Laß Johnnie aus dem Spiel«, unterbrach Rowley sie barsch. »Der Krieg ist vorbei. Ich habe Glück gehabt.«

»Du meinst, du hast Glück gehabt, daß du nicht zu gehen brauchtest?«

»Ist das kein Glück?« Seine Stimme klang ruhig wie immer, und doch war der schneidende Unterton nicht zu überhören. »Für euch Mädchen, die ihr aus dem Krieg kommt, wird es schwer sein, sich wieder an die heimatliche Scholle zu gewöhnen.«

»Ach, red doch keinen Unsinn, Rowley.«

Sie reagierte unerklärlich gereizt. Warum? Vielleicht, weil ein Körnchen Wahrheit in Rowleys Bemerkung steckte?

»Findest du denn, daß ich mich verändert habe?« fragte sie, schon nicht mehr so selbstsicher.

»Nicht gerade verändert ...«

»Vielleicht bist du anderen Sinnes geworden.«

»Ich bin, wie ich war. Auf der Farm hat sich nicht das geringste verändert.«

»Um so besser«, entgegnete Lynn, der Spannung, die plötzlich zwischen ihnen bestand, gewahr werdend. »Dann laß uns bald heiraten. Wann es dir paßt.«

»Ich denke im Juni irgendwann, ja?«

»Ja.«

Sie verfielen in Schweigen. So war es also abgemacht. Lynn kämpfte vergebens gegen ein Gefühl der Unlust an. Rowley war Rowley, wie er immer gewesen. Freundlich, nicht aus der Ruhe zu bringen und von peinlicher Genauigkeit in allem.
Sie liebten einander, hatten sich immer geliebt. Von Gefühlen war nie viel die Rede gewesen zwischen ihnen. Wozu jetzt davon anfangen?
Sie würden im Juni heiraten und dann in Long Willows leben. Ein hübscher Name für eine Farm, das hatte sie schon immer gefunden. Sie würde in Long Willows leben, und sie würde nicht mehr weggehen von dort. Weggehen in dem Sinne, wie sie es jetzt seit dem Krieg verstand. Brummende Flugzeugmotoren, rasselnde Ankerketten, an Deck stehen und hinüberschauen zum Land, das langsam aus ungewissen Schatten feste Formen annahm; Leben und Treiben fremder Städte und Länder, fremde Sprachen, fremde Sitten, Packen und Auspacken, prickelnde Ungewißheit, was als nächstes kam – alles vorbei.
Das lag hinter ihr. Der Krieg war aus. Lynn Marchmont war heimgekehrt – aber es war nicht die gleiche Lynn, die vor drei Jahren ausgezogen war. Mit unvermittelter Klarheit wurde sie sich dessen bewußt.
Sie schrak aus ihren Gedanken auf und schaute zu Rowley hinüber. Rowley beobachtete sie.

5

Tante Kathies Gesellschaften verliefen stets gleich. Die etwas atemlose, sprunghafte Art der Gastgeberin übertrug sich auf die Gäste und erfüllte die Atmosphäre mit Unruhe. Dr. Cloade gab sich die äußerste Mühe, von der allgemeinen Nervosität nicht angesteckt zu werden, und war betont höflich zu seinen Gästen, aber es entging niemandem, welche Anstrengung dies für ihn bedeutete.
Rein äußerlich war Lionel Cloade seinem Bruder Jeremy nicht

ganz unähnlich, doch fehlte ihm des Rechtsanwalts Ausgeglichenheit. Lionel war kurz angebunden und sehr ungeduldig; seine brüske, leicht gereizte Art hatte schon manchen seiner Patienten vor den Kopf gestoßen und für die außerordentliche Tüchtigkeit und die unter der Schroffheit verborgene Gutmütigkeit des Arztes blind gemacht. Dr. Cloades eigentliches Terrain war die Forschungsarbeit und sein Lieblingsgebiet der Gebrauch medizinischer Kräuter im Laufe der Jahrhunderte.

Während Lynn und Rowley die Frau ihres Onkels Jeremy stets »Frances« nannten, wurde Onkel Lionels Gattin von ihnen nie anders als *»Tante Kathie«* gerufen.

Die heutige Gesellschaft, veranstaltet zu Ehren von Lynns Heimkehr, war eine reine Familienfeier.

Tante Kathie begrüßte ihre Nichte sehr herzlich.

»Hübsch siehst du aus, Lynn, so braungebrannt! Die Farbe hast du dir sicher in Ägypten geholt. Hast du das Buch über die Geheimnisse der Pyramiden gelesen, das ich dir geschickt habe? Sehr interessant! Es erklärt alles, findest du nicht? Alles!«

Zum Glück wurde Lynn durch den Eintritt Mrs. Gordon Cloades und ihres Bruders einer Antwort auf Tante Kathies überschwengliche Frage enthoben.

»Das ist meine Nichte Lynn Marchmont, Rosaleen.«

Lynn betrachtete Gordon Cloades Witwe mit höflich versteckter Neugier.

Diese Rosaleen, die Gordon Cloade nur seinem vielen Geld zuliebe geheiratet hatte, war hübsch. Das ließ sich nicht leugnen. Und was Rowley behauptet hatte, nämlich, daß etwas Unschuldiges von ihr ausging, stimmte. Das schwarze Haar fiel in lockeren Wellen, die irischen blauen Augen, halboffene Lippen – unbedingt reizvoll.

Der Rest war Aufmachung. Kostspielige Aufmachung. Ein teures Kleid, darüber ein elegantes Pelzcape, Schmuck, gepflegte Hände. Eine gute Figur, unbestreitbar; aber – ging es Lynn durch den Kopf – sie versteht es nicht, die teuren Sachen richtig zu tragen.

»Es freut mich«, sagte Rosaleen Cloade, drehte sich dann zögernd zu ihrem Bruder um und fuhr fort: »Das ... das ist mein Bruder.«
»Freut mich«, sagte David Hunter.
Er war ein magerer junger Mensch mit dunklen Haaren und dunklen Augen. Er wirkte nicht sehr glücklich und machte einen eher trotzigen und leicht anmaßenden Eindruck.
Lynn begriff sofort, warum die gesamte Familie Cloade diesen David Hunter nicht leiden konnte. Sie hatte diesen Typ junger Männer in den letzten Jahren manchmal getroffen. Draufgänger, nicht ganz ungefährlich, die weder Gott noch Teufel fürchteten; Männer, auf die man sich nicht verlassen konnte, die skrupellos ihre eigenen Gesetze schufen und sich um nichts scherten; Männer, die an der Front nicht mit Gold aufzuwiegen waren und im normalen Leben eine stete Gefahr bildeten.
»Wie gefällt es Ihnen in Furrowbank?« erkundigte sich Lynn höflich bei Rosaleen.
»Es ist ein herrliches Haus«, erwiderte Rosaleen.
David Hunter stieß ein spöttisches Lachen aus.
»Der gute Gordon hat sich's wohl sein lassen«, bemerkte er anzüglich. »Es scheint ihm nichts zu teuer gewesen zu sein.«
Ohne es zu wissen, traf David damit den Nagel auf den Kopf. Als Gordon Cloade sich entschieden hatte, einen Teil seines geschäftigen Lebens in Warmsley Vale zu verbringen, hatte er sich ein Haus nach seinem Geschmack bauen lassen. Ein Heim, dem bereits der Stempel anderer Bewohner aufgedrückt war, hätte ihm nicht behagt. Nein, Gordon hatte einen jungen Architekten beauftragt, ihm ein Haus zu bauen, und er hatte dem Architekten freie Hand gelassen. Die meisten Einwohner von Warmsley Vale fanden den modernen weißen Bau mit den vielen eingebauten Möbeln, den Schiebetüren und gläsernen Tischen gräßlich. Nur um seine Badezimmer wurde Furrowbank allgemein und ausnahmslos beneidet.
»Sie waren beim Frauenhilfsdienst, ja?« erkundigte sich David.

»Ja.«
Seine Augen überflogen sie mit einem zugleich prüfenden und anerkennenden Blick, und Lynn spürte, wie ihr die Röte in die Wangen stieg.
Tante Kathie tauchte plötzlich neben ihnen auf. Sie hatte eine Art, unvermittelt in Erscheinung zu treten, als materialisierte sie sich aus dem Nichts. Möglich, daß sie diesen Trick bei einer ihrer zahlreichen spiritistischen Séancen gelernt hatte.
»Abendbrot ist fertig«, verkündete sie in ihrer kurzatmigen, hektischen Art und setzte erklärend hinzu. »Ich finde es klüger, von einem Abendbrot zu reden, als großartig zu sagen: ›Es ist angerichtet.‹ Das wirkt so hochtrabend und erweckt große Erwartungen. Dabei ist alles so schrecklich schwierig. Mary Lewis hat mir anvertraut, daß sie dem Fischverkäufer alle zwei Wochen zehn Shilling in die Hand drückt. Ich kann mir nicht helfen, ich finde das unmoralisch.«
Man begab sich in das abgenutzte, häßliche Speisezimmer; Jeremy und Frances, Lionel und Katherine, Adela, Lynn und Rowley. Eine gemütliche Zusammenkunft der Familie Cloade – mit zwei Außenseitern. Denn obwohl Rosaleen Cloade den gleichen Namen trug, war sie doch kein Mitglied der Familie geworden wie Frances oder Katherine.
Sie war eine Fremde, nervös, auf der Hut und fühlte sich offensichtlich unbehaglich in dieser Umgebung.
David war mehr als ein Außenseiter, er war fast ein Feind der Gesellschaft.
Eine bedrückende Spannung lag in der Luft. Unausgesprochen, unsichtbar war die Atmosphäre von etwas Bösem erfüllt. Was war es? Konnte es Haß sein?
Aber das habe ich seit meiner Rückkehr überall gefunden, auf Schritt und Tritt, dachte Lynn. Diese Spannung, diese innere Abwehr, dieses Mißtrauen dem anderen gegenüber. In der Straßenbahn, in der Eisenbahn, auf den Straßen, in den Büros, zwischen Angestellten, zwischen Arbeitern, zwischen willkürlich zusammengewürfelten Passagieren eines Autobusses war es zu spüren. Abwehr, Neid, Mißgunst. Aber hier kam noch etwas hinzu. Hier wirkte es bedrohli-

cher. Und erschrocken über ihre eigene Schlußfolgerung fragte Lynn sich in Gedanken: Hassen wir sie denn so sehr? Diese Fremden, die genommen haben, was wir stets als unser Eigentum betrachteten?
Nein! Sie wies sich selbst zurecht. Abwehr ist da, aber nicht Haß. Noch nicht. Sie aber, sie hassen uns.
Die Erkenntnis überwältigte sie dermaßen, daß sie stumm bei Tisch saß und kein Wort an David Hunter richtete, der ihr Nachbar war.
Seine Stimme klang nett, immer ein wenig, als mache er sich über das, was er sage, lustig. Lynn hatte ein schlechtes Gewissen. Womöglich dachte David, daß sie sich absichtlich ungezogen benahm.
»Entschuldigen Sie. Ich war geistesabwesend. Ich dachte eben über den Zustand der Welt nach.«
»Außerordentlich wenig originell«, erwiderte David kühl.
»Leider haben Sie recht. Jedermann bemüht sich heutzutage, ernst zu sein, und es scheint herzlich wenig Gutes dabei herauszukommen.«
»Im allgemeinen erweist es sich als bedeutend produktiver, sich um die Dinge zu kümmern, die Schaden anrichten, anstatt um solche, die die Welt verbessern. Wir haben die letzten Jahre dazu verwendet, einige wirksame Mechanismen oder Waffen, oder wie Sie es nennen wollen, zu erfinden, darunter unsere *pièce de résistance,* die Atombombe. Ein nicht zu verachtender Erfolg.«
»Darüber habe ich ja gerade nachgedacht. Ach, nicht über die Atombombe, aber über dieses Das-Schlechte-Wollen, dieses krampfhafte Bemühen, Böses anzurichten, Schaden zuzufügen.«
»Das hat es immer gegeben. Denken Sie ans Mittelalter und die Schwarze Magie. An den bösen Blick, an die Amulette, an das heimtückische Töten von des Nachbarn Vieh oder auch des Nachbarn selbst.« Er zuckte die Achseln. »Mit allem schlechten Willen der Welt, was können Sie schon gegen Rosaleen oder mich tun? Sie und Ihre Familie?«

Lynn richtete sich auf. Die Unterhaltung begann sie zu amüsieren.
»Der Tag ist schon ein bißchen zu weit vorgeschritten, um noch darauf einzugehen«, entgegnete sie lächelnd.
David Hunter lacht laut heraus. Auch er schien Gefallen an dem Gespräch zu finden.
»Sie meinen, wir haben unser Schäfchen im trockenen? Tja, für uns läuft's nicht schlecht.«
»Und es gefällt Ihnen großartig, wie?«
»Reich zu sein? Ich gestehe es ehrlich – jawohl.«
»Ich meinte nicht nur das Geld. Ich meinte, es gefällt Ihnen wohl großartig, sich uns gegenüber als der starke Mann aufspielen zu können.«
»Sie haben doch das Geld vom alten Gordon schon so gut wie in der eigenen Tasche gesehen, Sie alle«, stellte David amüsiert fest. »Wäre der lieben Familie nicht schlecht zupaß gekommen, das Vermögen vom lieben Onkel Gordon.«
»Schließlich hat Onkel Gordon uns immer in Sicherheit gewiegt und uns stets in Erinnerung gebracht, daß wir auf ihn zählen können. Er hat uns gelehrt, nicht zu sparen und uns keine Gedanken wegen der Zukunft zu machen; er hat uns ermutigt, alle möglichen Projekte in Angriff zu nehmen.«
Zum Beispiel Rowley mit seiner Farm, dachte Lynn, aber sie hütete sich, es auszusprechen.
»Nur eines hat er Sie nicht gelehrt«, bemerkte David lachend.
»Nämlich?«
»Daß man sich auf niemanden verlassen sollte und daß nichts in dieser Welt wirklich sicher ist.«
Lynn versank in Nachdenken. Nein, in der Welt David Hunters war nichts sicher. Da konnte man sich auf nichts verlassen. Aber bei ihnen? Bei den Cloades?
»Stehen wir nun auf Kriegsfuß miteinander?« drang Davids Stimme an ihr Ohr.
»Aber nein«, beeilte sie sich zu versichern.
»Nehmen Sie Rosaleen und mir unseren unehrenhaften Eintritt in die Welt des Reichtums noch immer übel?«
»Das allerdings«, gab Lynn lächelnd zu.

»Sehr gut. Und was gedenken Sie dagegen zu tun?«
»Ich werde mir Zauberwachs kaufen und mich in Schwarzer Magie üben.«
David lachte laut auf.
»Das traue ich Ihnen nicht zu. Sie gehören nicht zu denen, die mit altertümlichen Mitteln kämpfen. Sie gehen bestimmt mit hypermodernen und sehr wirksamen Waffen ans Werk. Aber gewinnen werden Sie nicht.«
»Wieso sind Sie so überzeugt davon, daß es zu einem Kampf zwischen uns kommen wird? Haben wir uns nicht alle in das Unvermeidliche gefügt?«
»Sagen wir lieber: Sie benehmen sich alle betont höflich. Es ist sehr amüsant.«
Es entstand eine kleine Pause, bevor Lynn mit verhaltener Stimme fragte:
»Warum hassen Sie uns so?«
In David Hunters seltsamen dunklen Augen flackerte etwas auf.
»Ich glaube nicht, daß Sie das jemals verstehen könnten.«
»Ich glaube, Sie irren sich.«
David sah sie einen Augenblick stumm an, dann wechselte er den Ton und fragte obenhin:
»Wieso wollen Sie eigentlich Rowley Cloade heiraten? Er ist doch ein Einfaltspinsel.«
»Wie können Sie sich ein Urteil über ihn erlauben«, fuhr Lynn auf. »Sie kennen ihn nicht und wissen nichts von ihm.«
Unberührt von dem ärgerlichen Vorwurf in ihrer Stimme fuhr er im gleichen Konversationston fort:
»Was halten Sie von Rosaleen?«
»Sie ist sehr hübsch.«
»Und abgesehen davon?«
»Sie scheint sich nicht wohl zu fühlen in ihrer Haut.«
»Stimmt«, gab David zu. »Sie ist hübsch, aber nicht sehr gescheit. Und sehr ängstlich. Sie läßt sich stets treiben und gerät auf diese Weise in Situationen, denen sie nicht gewachsen ist. Soll ich Ihnen ein bißchen von Rosaleen erzählen?«
»Gern«, erwiderte Lynn höflich.

»Als junges Mädchen wollte sie unbedingt zur Bühne, und sie setzte es auch irgendwie durch. Aber Sie können sich denken, daß sie kein besonderes Talent hatte. Sie landete in einer drittklassigen Truppe, mit der sie nach Südafrika auf Tournee ging. Sie fand, Südafrika höre sich so interessant an. In Kapstadt erlitt die Truppe Schiffbruch. Rosaleen hatte dort unten einen Regierungsbeamten kennengelernt, der irgendwo in Nigeria seinen Bezirk hatte. Und wie meine Schwester sich stets von den Dingen treiben läßt, ließ sie sich auch in die Ehe mit dem Herrn aus Nigeria treiben. Nigeria gefiel ihr kein bißchen, und ich glaube, ich täusche mich nicht, wenn ich sage, daß sie sich auch aus dem Herrn aus Nigeria nicht besonders viel machte. Wäre es ein handfester Bursche gewesen, der ab und zu einen über den Durst getrunken und im Rausch seine Frau verprügelt hätte, wäre vielleicht alles noch gut ausgegangen. Aber dieser Beamte neigte eher zu intellektuellen Interessen. Er schleppte eine Menge Bücher mit in die Wildnis und liebte es, sich über Metaphysik zu unterhalten. Also faßte Rosaleen einen Entschluß – sehr vage natürlich wie alles, was sie tut – und fuhr zurück nach Kapstadt. Der Regierungsbeamte benahm sich sehr anständig und schickte ihr Geld. Er hätte sich von ihr scheiden lassen können, das wäre das einfachste gewesen, aber er war katholisch; vielleicht kam deshalb eine Scheidung nicht in Frage. Wie dem auch gewesen sein mag: Er starb – sozusagen ein glücklicher Zufall, ist man versucht zu sagen – an Malaria, und Rosaleen erhielt eine kleine Witwenpension. Dann brach der Krieg aus, und sie beschloß, nach Südamerika zu fahren. Südamerika gefiel ihr aber nicht sonderlich, also nahm sie ein anderes Schiff, und auf diesem Schiff lernte sie Gordon Cloade kennen. Sie erzählte ihm, wie traurig ihr Leben bisher verlaufen war, und sie heirateten. Ein paar Wochen lebten sie glücklich und in Freuden in New York, dann kamen sie heim; kurz darauf traf eine Bombe den armen Gordon, und Rosaleen blieb zurück mit einem Riesenhaus, einer Unmenge herrlicher Schmuckstücke und einem unwahrscheinlich großen Einkommen.«

»Wie erfreulich, daß die Geschichte ein so glückliches Ende hat«, bemerkte Lynn sarkastisch.
»In Anbetracht der Tatsache, daß sie nicht gerade mit überragenden Geistesgaben gesegnet ist, hat Rosaleen bisher unerhörtes Glück gehabt«, fuhr David fort. »Gordon Cloade war ein kräftiger alter Herr. Er war zweiundsechzig. Bei seiner Konstitution hätte er leicht achtzig oder gar neunzig werden können. Für Rosaleen wäre das nicht sehr heiter gewesen. Sie ist sechsundzwanzig . . .«
»Sie sieht sogar noch jünger aus«, stellte Lynn fest.
Sie schauten beide zu Rosaleen hinüber, die eingeschüchtert dasaß und nervös Brot zwischen den Fingern zerkrümelte.
»Armes Ding«, entfuhr es Lynn.
David runzelte die Stirn.
»Wozu das Mitleid?« fragte er scharf. »Ich passe schon auf Rosaleen auf. Und jeder, der es wagt, ihr zu nahe zu kommen, kriegt es mit mir zu tun. Ich weiß, wie man sich zur Wehr setzt. Mir ist Kriegführen geläufig, und meine Waffen sind nicht immer über allen Tadel erhaben.«
»Werde ich jetzt vielleicht das Vergnügen haben, auch Ihre Lebensgeschichte erzählt zu bekommen?« erkundigte sich Lynn kühl.
»Eine stark gekürzte Fassung.« David lächelte. »Wie allen Iren liegt mir das Kämpfen im Blut. Als der Krieg ausbrach, war ich dabei, aber die Geschichte dauerte nicht lange. Ich erwischte eine Verwundung am Bein, und da war's aus. Ich ging nach Kanada und war dort als Ausbilder tätig. Mit großer Inbrunst war ich, ehrlich gestanden, nicht bei der Sache, und als ich Rosaleens Telegramm bekam, in dem sie mir ihre Heirat ankündigte, nahm ich das nächste Flugzeug nach New York. Rosaleen hatte nichts von dem Geldsegen, der mit der Heirat verbunden war, erwähnt, aber ich habe eine gute Nase. Jedenfalls gesellte ich mich als Dritter im Bunde zu dem jungen Paar und begleitete die beiden auch nach London.«
Er lächelte Lynn an, doch Lynn blieb reserviert.
Sie erhob sich mit den anderen. Als sie zum Wohnzimmer hinübergingen, trat Rowley neben sie und fragte:

»Du scheinst dich sehr angeregt mit David Hunter unterhalten zu haben. Worüber habt ihr denn gesprochen?«
»Ach, über nichts Besonderes«, war Lynns ausweichende Antwort.

6

»Wann fahren wir nach London zurück, David? Und wann nach Amerika?«
David Hunter warf seiner Schwester über den Frühstückstisch hinweg einen überraschten Blick zu.
»Wozu die Eile? Gefällt es dir hier denn nicht?«
Sein Blick umfaßte den Raum, während er sprach. Furrowbank war auf einem Hügel erbaut, und durch die hohen Fenster hatte man einen herrlichen Blick über die träumende englische Landschaft. Ein sanft abfallender Abhang war mit Tausenden von Narzissen bepflanzt. Sie waren beinahe verblüht, aber der Schimmer der goldgelben Blüten hob sich noch in starkem Kontrast vom Grün des Rasens ab.
Geistesabwesend ihr Brot zerkrümelnd, sagte Rosaleen: »Du hast selbst gesagt, wir würden so bald wie möglich nach Amerika gehen.«
»Ja, aber es ist nicht so einfach, wie du dir das vorstellst. Man bekommt nur sehr schwer Plätze. Wir können keine wichtigen Geschäfte vorgeben, also müssen wir warten. Das sind Folgeerscheinungen des Krieges.«
Die Gründe, die David anführte, klangen – obwohl sie den Tatsachen entsprachen – ihm selbst wie Ausflüchte in den Ohren. Ob Rosaleen wohl denselben Eindruck hatte? Warum hatte sie sich überhaupt plötzlich in den Kopf gesetzt, nach Amerika zu fahren?
»Du hast gesagt, wir brauchten nur für kurze Zeit hier zu bleiben«, murmelte Rosaleen mit gesenktem Kopf.
»Was hast du gegen Warmsley Vale?« fragte David. »Fur-

rowbank ist doch herrlich. Heraus mit der Sprache: Was paßt dir hier nicht?«
»Sie passen mir nicht, sie, die Cloades. Keiner von ihnen.«
»Und mir bereitet es gerade ein ganz besonderes Vergnügen, ihre erzwungene Höflichkeit zu beobachten und dabei zu sehen, wie sie der Neid und die Mißgunst innerlich zerfressen. Laß mir mein Vergnügen, Rosaleen.«
Rosaleen schaute verwirrt auf.
»Du solltest nicht so reden, David. Es gefällt mir nicht, was du da sagst.«
»Sei doch vernünftig, Mädchen. Wir sind genug herumgestoßen worden, du und ich. Die Cloades waren immer auf Samt und Seide gebettet. Sie haben sich's auf Kosten vom lieben Onkel Gordon wohl sein lassen. Kleine Schmeißfliegen, die als Parasiten von der großen Schmeißfliege gelebt haben. Ich hasse diese Sorte Menschen. Ich habe sie immer gehaßt.«
»Nicht doch, David.« Rosaleen war zutiefst erschrocken. »Es ist schlecht, andere Menschen zu hassen. Das darf man nicht.«
»Ach, du Unschuldslamm! Bildest du dir ein, sie hassen dich nicht?«
»Sie waren nicht unfreundlich zu mir«, wandte Rosaleen zweifelnd ein.
»Aber sie würden was darum geben, könnten sie sich's leisten, unfreundlich zu dir zu sein.« Er lachte. »Hätten sie nicht Angst um die eigene Haut, wärst du vielleicht längst eines Morgens mit einem Messer im Rücken aufgefunden worden.«
Rosaleen schauderte.
»Schrecklich! Wie kannst du nur so etwas sagen, David?«
»Vielleicht nicht gerade ein Messer. Eher traue ich ihnen Strychnin in der Suppe zu.«
Rosaleens Lippen begannen zu zittern.
David wurde wieder ernst.
»Mach dir keine Gedanken, Rosaleen. Du brauchst keine Angst zu haben. Ich bin da. Ich passe schon auf dich auf.«
»Aber wenn es wahr ist, was du sagst . . . daß sie uns hassen,

meine ich ...« Rosaleen suchte hilflos nach Worten. »Dann wäre es doch erst recht besser, wir gingen weg von hier. Nach London, dort wären wir sicher vor ihnen.«
»Das Leben auf dem Land tut dir gut, Rosaleen. Du weißt, wie nervös dich London gemacht hat.«
»Die Bomben ... als London bombardiert wurde ...« Sie schloß die Augen. »Nie werde ich das vergessen, nie!«
»Natürlich wirst du das vergessen. Nimm dich zusammen, Rosaleen. Es ist vorbei mit den Bombardierungen.«
Er stand auf, nahm Rosaleen bei den Schultern und rüttelte sie sanft.
»Der Arzt hat gesagt, Landluft und Landleben für geraume Zeit würden dir guttun. Deshalb will ich nicht mit dir nach London.«
»Ist das der wirkliche Grund, David? Ich dachte ... vielleicht ...«
»Was hast du gedacht?«
»Ich dachte, du willst vielleicht ihretwegen hierbleiben.«
»Ihretwegen?«
»Du weißt schon, wen ich meine. Das Mädchen von neulich abend. Die beim Frauenhilfsdienst war, in Ägypten und überall.«
Davids Gesicht wurde plötzlich abweisend.
»Lynn? Lynn Marchmont?«
»Sie gefällt dir.«
»Lynn Marchmont? Sie ist mit Rowley verlobt. Mit diesem temperamentlosen Daheim-Bleiber Rowley, diesem gutmütigen, langweiligen Ochsen.«
»Ich habe euch beobachtet, wie ihr zusammen gesprochen habt«, spann Rosaleen ihren Faden weiter.
»Ach, hör doch schon auf, Rosaleen!«
»Ihr habt euch seither gesehen, nicht wahr?«
»Ja, ich habe sie gestern oder vorgestern in der Nähe der Farm getroffen, als ich ausritt.«
»Und du wirst sie wieder treffen.«
»Natürlich werde ich sie wieder treffen! Das läßt sich gar nicht vermeiden in diesem Nest. Du kannst keine zwei

Schritte tun, ohne über einen Cloade zu stolpern. Wenn du dir einbildest, ich hätte mich in Lynn Marchmont verliebt, dann bist du auf dem Holzweg. Sie ist eine eingebildete Person mit einem unverschämten Mundwerk. Weit entfernt von meinem Typ.«

»Bist du sicher, David?«

»Jawohl.«

»Ich weiß, du hältst nichts vom Kartenlegen.« Sie lächelte halb entschuldigend. »Aber die Karten lügen nicht. Und da war ein Mädchen, das Unruhe ins Haus bringt. Ein Mädchen, das übers Meer kommt. Und außerdem war ein dunkler Fremder da, der sich in unser Leben drängt und Gefahr mit sich bringt. Und die Todeskarte –«

»Du und deine dunklen Fremden!« David lachte laut auf. »Laß dich nicht mit dunklen Fremden ein, das ist mein gutgemeinter Rat für dich. Wie kann man nur so abergläubisch sein.«

Noch lachend schlenderte er aus dem Haus ins Freie, aber kaum hatte er sich ein paar Schritte entfernt, verfinsterte sich sein Gesicht, und die schwarzen Brauen zogen sich zusammen.

Rosaleen sah ihm nach, wie er quer durch den Garten auf ein Tor zuging, durch das man auf einen schmalen öffentlichen Weg kam. Dann stieg sie in ihr Zimmer hinauf und stellte sich vor den Schrank. Nie wurde sie müde, ihren neuen Nerzmantel zu betasten und zu streicheln und sich voller Staunen der Freude hinzugeben, ein so herrliches Kleidungsstück zu besitzen. Sie befand sich noch in ihrem Schlafzimmer, als das Mädchen Mrs. Marchmont meldete.

Adela saß steif auf einem der Stühle im Salon. Ihre Lippen waren fest aufeinandergepreßt; ihr Herz schlug doppelt so schnell wie sonst. Seit Tagen kämpfte sie mit dem Entschluß, Rosaleen aufzusuchen und um Hilfe anzugehen, aber getreu ihrer Natur zögerte sie jedesmal von neuem, wenn sie endlich meinte, genügend Mut für das Unternehmen gefaßt zu haben. Was sie zusätzlich aus dem Gleichgewicht gebracht hatte, war, daß Lynns Einstellung sich sonderbarerweise verändert hatte, und Mrs. Marchmont nun im ausgesprochenen Gegensatz zum Willen ihrer Tochter handelte, als sie sich zu guter Letzt doch aufraffte, bei Gordon Cloades Witwe Erlösung aus ihrer finanziellen Bedrängnis zu erbitten.

Ein weiterer Brief der Bank hatte Mrs. Marchmont veranlaßt, zur Ausführung des längst gehegten Plans zu schreiten. Es blieb ihr gar keine andere Wahl. Lynn war schon frühzeitig aus dem Haus gegangen, und als Mrs. Marchmont David Hunter erspähte, wie er den Fußweg entlangschlenderte, schien der Moment gekommen. Auf keinen Fall wollte sie mit David zu tun haben. Rosaleen allein würde viel leichter zu einer Anleihe zu bewegen sein. Darüber war sich Adela Marchmont im klaren.

Trotz allem war sie entsetzlich nervös, während sie in dem sonnenüberfluteten Salon wartete. Doch als Rosaleen eintrat und auf ihrem Gesicht das von Mrs. Marchmont stets als »leicht blöd« bezeichnete Lächeln lag, wurde ihr etwas wohler zumute.

Ob sie erst nach dem Schock des Bombardements so geworden ist oder schon immer so war? Mrs. Marchmont stellte sich diese Frage nur stumm, während ihre Augen auf der eintretenden Rosaleen ruhten.

»Oh, guten Morgen«, sagte Gordon Cloades Witwe unsicher. »Was gibt es denn?«

»Was für ein herrlicher Morgen«, eröffnete Mrs. Marchmont mit betonter Frische die Unterhaltung. »Meine Frühtulpen sind alle schon draußen. Ihre auch?«

Die junge Frau schaute ihren Besuch verlegen an.

»Ich weiß nicht.«

Was fing man nur mit einem Menschen an, der weder über Hunde noch über Gärten zu reden verstand, diese beiden eisernen Bestandteile jeder Konversation auf dem Lande, dachte Adela unbehaglich.

»David ist leider nicht da . . .«, begann Rosaleen hilflos. Ihre Stimme erstarb gegen Ende des Satzes, als wüßte sie nichts mehr hinzuzufügen, aber auf Adela Marchmont hatten ihre Worte eine alarmierende Wirkung. David konnte jeden Au-

genblick zurückkehren. Sie mußte die Gelegenheit beim Schopf packen. Sie nahm einen Anlauf und platzte heraus:
»Ich bin hergekommen, um Sie um Hilfe zu bitten.«
»Hilfe? Ich soll helfen? Ihnen?« stammelte Rosaleen.
»Ja. Sehen Sie, für uns ist alles sehr, sehr schwer geworden. Gordons Tod hat unser aller Situation von einem Tag zum anderen grundlegend verändert.«
Du blödes Ding! dachte sie. Mußt du mich anstarren, als ob du keine Ahnung hättest, wovon ich rede? Du warst doch selbst ein Habenichts . . .
Haß gegen Rosaleen glomm in ihr auf. Sie haßte die junge Frau, weil sie, Adela Marchmont, hier in Gordons Salon saß und um Geld winselte. Ich kann es nicht, dachte sie verzweifelt. Ich bringe es einfach nicht fertig!
Im Bruchteil einer Sekunde flogen die vielen Tage und Nächte qualvoller Überlegungen und bedrückender Sorgen an ihr vorüber. Und dann sagte sie, aus Ärger darüber, daß sie hier sitzen und um Geld betteln mußte, gereizter, als es ihre Absicht war:
»Es handelt sich um Geld.«
»Geld?« wiederholte Rosaleen.
Ihr Ton war von naivem Staunen erfüllt, als sei Geld das letzte, worüber zu hören sie erwartet hatte.
Adela fuhr fort zu reden, und die Worte überstürzten sich.
»Ich habe mein Konto auf der Bank überzogen, und zu Hause liegen unbezahlte Rechnungen – notwendige Reparaturen –, und selbst meinen dringendsten Verpflichtungen bin ich noch nicht nachgekommen. Es hat sich alles so erschreckend verringert, sogar mein Einkommen, meine ich. Die Steuern fressen alles auf. Und Gordon half uns immer. Mit dem Haus, verstehen Sie? Er hat immer alle Reparaturen bezahlt und das Dach ausbessern und die Wände streichen lassen, und was es eben so gab. Außerdem hat er jedes Vierteljahr der Bank eine gewisse Summe für mich überwiesen. Und immer wieder hat er mich beruhigt, mir keine Sorgen zu machen, und darum habe ich das natürlich auch nie getan. Solange er lebte, war das alles recht schön und gut, aber –«

Adela hielt inne. Sie war zutiefst beschämt, und zugleich fühlte sie sich von einer Zentnerlast befreit. Das Schlimmste war überstanden. Lehnte Rosaleen ab, so lehnte sie eben ab. Es ließ sich nichts daran ändern.
Rosaleen schaute völlig fassungslos drein.
»Ach, du lieber Gott«, stammelte sie hilflos. »Ich hatte ja keine Ahnung ... ich werde mit David reden.«
Die Hände um die Stuhllehne gekrampft, stieß Adela verzweifelt hervor: »Könnten Sie mir nicht einen Scheck geben? Jetzt, meine ich, sofort?«
»Doch, natürlich.«
Rosaleen hatte sich von ihrer Verwirrung noch nicht erholt. Sie erhob sich hastig, trat zum Schreibtisch und stöberte in verschiedenen Schubladen, bis sie endlich ein Scheckbuch fand.
»Soll ich ... ich meine ... wieviel?«
»Wäre es möglich – fünfhundert Pfund?«
»Fünfhundert Pfund«, wiederholte Rosaleen gehorsam und begann zu schreiben.
Wie leicht war das gewesen! Ein Kinderspiel! Bestürzt wurde Adela sich bewußt, daß sie eher Ärger als Dankbarkeit über die Leichtigkeit ihres Sieges empfand.
Rosaleen trat mit dem ausgefüllten Scheck auf Adela zu. Nun war sie die Unsichere. Adela fühlte sich der Situation vollkommen gewachsen.
Sie nahm den Scheck entgegen. Mit kindlicher Schrift war quer über das rosa Papier geschrieben: Mrs. Marchmont. Fünfhundert Pfund. Rosaleen Cloade.
»Das ist sehr lieb von Ihnen, Rosaleen. Vielen Dank.«
»Ach ... nicht doch ... ich meine ... ich hätte von selbst ...«
Mit dem Scheck in ihrer Handtasche fühlte sich Adela Marchmont wie ein anderer Mensch. Die junge Frau hatte sich wirklich sehr entgegenkommend gezeigt. Die Unterhaltung über Gebühr auszudehnen, war jedoch überflüssig. Es schien Rosaleen nur peinlich zu sein. Adela verabschiedete sich und machte sich auf den Heimweg. Draußen vor dem

Haus begegnete ihr David. Mit einem freundlichen »guten Morgen« ging sie an ihm vorüber.

7

»Was wollte diese Marchmont hier?« erkundigte sich David, sobald er seiner Schwester gegenüberstand.
»Ach, David, sie brauchte entsetzlich nötig Geld. Ich hätte nie gedacht –«
»Und du hast's ihr vermutlich gegeben?«
Halb belustigt, halb verzweifelt betrachtete er sie.
»Ich konnte es nicht abschlagen, David. Fünfhundert Pfund.«
Zu ihrer Erleichterung lachte David.
»Ach, die Lappalie.«
»Lappalie? Aber David! Das ist doch schrecklich viel Geld!«
»Nicht für unsere heutigen Verhältnisse, Rosaleen. Du hast noch immer nicht begriffen, was für eine reiche Frau du jetzt bist. Aber trotzdem laß dir's eine Lehre sein. Wenn sie fünfhundert verlangte, wäre sie auch mit zweihundertundfünfzig zufrieden gewesen. Du mußt die Sprache der Schnorrer erst lernen.«
»Es tut mir leid, David«, sagte Rosaleen unterwürfig.
»Aber Kind! Schließlich ist's doch dein Geld.«
»Nein, das ist es nicht.«
»Jetzt fang nicht wieder damit an«, zankte David. »Gordon Cloade starb, bevor er Zeit hatte, ein Testament zu machen. Das nennt man Glück. Auf die Weise haben wir gewonnen und die anderen verloren. Glück und Pech, das ist nun einmal so.«
»Aber es scheint mir nicht recht zu sein.«
»Hand aufs Herz, Schwester! Macht dir dies alles hier etwa keine Freude? Ein herrliches Haus, Schmuck, Dienstboten zur Verfügung? Ist's nicht, als sei ein Traum Wahrheit geworden? Ganz ehrlich, manchmal habe ich Angst, ich könnte aufwachen und entdecken, ich hätte wirklich alles nur geträumt.«

Sie stimmte in sein Lachen ein, und David wußte, daß er gewonnenes Spiel hatte. Er kannte Rosaleen und verstand es, sie richtig zu nehmen. Sie hatte nun einmal ein Gewissen. Das war unbequem, aber nicht zu ändern.
»Aber laß es jetzt gut sein mit Gedanken an die wohledle Familie Cloade, Rosaleen«, warnte er. »Von denen hat jeder immer noch mehr Geld, als du und ich früher jemals besessen haben.«
»Das ist sicher wahr«, gab sie zu.
»Wo steckte denn Lynn heute morgen?« erkundigte er sich beiläufig.
»Sie ist nach Long Willows hinüber, soviel ich weiß«, erwiderte Rosaleen.
Nach Long Willows! Zu Rowley, dem einfältigen Bauern. Davids gute Laune war wie weggewischt.
Mißmutig schlenderte er zum Haus hinaus, durch das kleine Seitentor hinauf auf den Hügel. Von dort aus führte ein Pfad zum Fuß der Anhöhe und an Rowleys Farm vorbei.
Von seinem Ausblick aus sah David Lynn, die von der Farm kam.
Er zögerte einen Moment, dann streckte er trotzig das Kinn vor und setzte sich in Bewegung, ganz bewußt einen Weg einschlagend, auf dem er Lynn begegnen mußte.
»Guten Morgen. Na – wann ist Hochzeit?« begrüßte er das Mädchen.
»Das haben Sie mich schon öfter gefragt«, entgegnete Lynn. »Sie wissen genau, daß sie im Juni ist.«
»Sie wollen's wirklich wahrmachen?«
»Ich weiß nicht, was Sie damit andeuten wollen.«
»Das wissen Sie ganz genau.« David lachte höhnisch. »Rowley! Lieber Gott, wer ist schon dieser Rowley!«
»Ein besserer Mensch als Sie«, gab Lynn obenhin zurück. »Messen Sie sich mit ihm, wenn Sie den Mut haben.«
»Daß er besser ist als ich, bezweifle ich keine Sekunde. Aber Mut genug, mich mit ihm zu messen, habe ich. Für Sie, Lynn, täte ich alles.«
Es entstand eine kurze Pause. Dann sagte Lynn:

»Begreifen Sie denn nicht, daß ich Rowley liebe?«
»Ich bin nicht so überzeugt davon.«
Lynns Temperament ging mit ihr durch.
»Doch, ich liebe ihn«, beharrte sie aufbrausend.
»Wir machen uns alle ein Bild von uns selbst, wie wir uns gern sähen. Sie malen sich eine Lynn Marchmont aus, die Rowley liebt, ihn heiratet, die Farm mit ihm bewirtschaftet und bis zum Ende ihrer Tage glücklich an der Scholle klebt. Aber das ist nicht die wahre Lynn Marchmont. Sagen Sie selbst: Entspricht das Ihrer wahren Natur?«
»Ach Gott, was ist eigentlich diese wahre Natur? Was ist Ihre wahre Natur? Wie sehen Sie David Hunter?«
»Als einen Mann, der Ruhe nach dem Sturm sucht, aber manchmal kommen mir Bedenken, und ich frage mich, ob das meiner wirklichen Sehnsucht entspricht. Ich weiß nicht, Lynn, manchmal habe ich das Gefühl, als sei uns beiden gar nicht wohl bei der Aussicht auf ein beschauliches Leben. Wir brauchen Abenteuer.«
Er verfiel in Schweigen und fügte nach einem Weilchen mürrisch hinzu:
»Wozu sind Sie hier aufgetaucht? Bis Sie kamen, fühlte ich mich ausgesprochen glücklich.«
»Und jetzt sind Sie's nicht mehr?«
David sah sie an: Eine unerklärliche Erregung ergriff von Lynn Besitz, ihr Atem ging schneller. Nie hatte sie stärker als in diesem Augenblick empfunden, welche Anziehungskraft Davids seltsame, hintergründige Art auf sie ausübte. Seine Hände schnellten vor, packten Lynn an den Schultern und drehten sie mit einem Ruck zu sich um.
Bevor Lynn sich noch klar darüber werden konnte, was eigentlich geschah, fühlte sie, wie sein Griff sich lockerte. Über ihre Schulter hinweg starrte er hügelaufwärts.
Lynn wandte sich abrupt um, um zu sehen, was es gab.
Sie sah eben noch eine Frau durch das schmale Tor oberhalb Furrowbanks verschwinden.
»Wer war das?« erkundigte sich David argwöhnisch.
»Wenn ich mich nicht irre, war's Frances«, entgegnete Lynn.

»Frances? Was mag die wohl wollen? Rosaleen bekommt hier nur Besuche von Leuten, die etwas von ihr wollen. Ihre Mutter hat ihr heute morgen auch schon ihre Aufwartung gemacht.«
Lynn trat einen Schritt zurück.
»Mutter? Was hat sie denn gewollt?«
»Können Sie sich das nicht denken? Geld natürlich.«
»Geld?«
Lynn preßte die Lippen aufeinander.
»Sie hat's bekommen«, versicherte David mit dem kalten spöttischen Lächeln, das für sein Gesicht geschaffen schien.
Vor wenigen Sekunden waren sie einander so nahe gewesen; nun schienen sie Meilen voneinander entfernt, getrennt durch unüberbrückbare Gegensätze.
»Nein! Nein! Nein!« rief Lynn abwehrend.
»Doch! Doch! Doch!« David ahmte ihren Ton nach.
»Ich kann's nicht glauben! Wieviel denn?«
»Fünfhundert Pfund.«
Lynn unterdrückte einen Ausruf.
»Ich bin gespannt, wieviel Frances haben will. Man kann Rosaleen wirklich keine fünf Minuten allein lassen. Das arme Ding versteht's nicht, nein zu sagen.«
»War sonst noch . . . jemand . . .«, fragte Lynn bedrückt.
»Tante Kathie hatte ein paar Schulden, die sie drückten, aber es war nicht viel. Mit zweihundertfünfzig Pfund war der Schaden behoben. Sie hatte schreckliche Angst, ihre Bitte um Unterstützung könnte dem Doktor zu Ohren kommen. Der wäre nicht sehr erbaut gewesen von den Schulden, um so mehr, als sie von der Bezahlung spiritistischer Medien herstammten. Die gute Tante Kathie ahnte natürlich nicht, daß der Doktor selbst ebenfalls schon um ein Darlehen ersucht hatte.«
»Was für einen Eindruck müssen Sie von uns haben«, sagte Lynn leise.
Völlig unerwartet für David machte sie plötzlich kehrt und lief davon. Sie hatte die Richtung zu Rowleys Farm einge-

schlagen, und die Erkenntnis, daß sie sich zu Rowley flüchtete, wie eine verwundete Taube an ihr angestammtes Plätzchen flattert, machte David mehr zu schaffen, als er sich einzugestehen wagte.
Stirnrunzelnd straffte er die Schultern und schaute zu dem Haus auf dem Hügel empor.
»Nein, Frances«, murmelte er. »Du hast dir den falschen Tag ausgesucht.«
Er platzte in den Salon hinein, als Frances gerade sagte:
»Ich wünschte, es ließe sich einfacher erklären, Rosaleen, aber es ist wirklich furchtbar schwierig –«
»Ist's das wirklich?« unterbrach David, der unbemerkt eingetreten war, sie.
Frances fuhr herum. Im Unterschied zu Adela hatte sie es keineswegs darauf abgesehen gehabt, Rosaleen allein anzutreffen. Die Summe, die sie brauchte, war zu groß, als daß anzunehmen gewesen wäre, Rosaleen hätte sie ohne Beratung mit ihrem Bruder gewährt. Frances war es daher denkbar unangenehm, daß David nun den Eindruck erhielt, sie habe das Geld ohne sein Wissen aus Rosaleen herauslocken wollen. Doch sein unerwartetes Auftauchen bestürzte sie, und überdies entging ihr nicht, daß er sich in besonders schlechter Laune befand.
»Ich bin froh, daß Sie kommen, David«, sagte sie obenhin. »Gerade habe ich Rosaleen anvertraut, daß wir durch Gordons plötzlichen Tod in arge Verlegenheit geraten sind . . .«
Sie fuhr fort, die Lage zu schildern, flocht mit geschickten Worten die notwendige Summe ein, erwähnte die Hypotheken auf ihrem Haus, Gordons Versprechungen, auf die fest zu bauen gewesen war, und die drückenden Steuerlasten.
Eine gewisse Bewunderung für Frances glomm in Davids feindlich gesinntem Gemüt auf.
Wie hemmungslos diese Frau doch zu lügen verstand! Die Geschichte, die sie da auftischte, war schlau und glatt zusammengefügt; sie klang wahrscheinlich, aber sie entsprach bestimmt nicht der Wahrheit. Was war eigentlich die Wahrheit? Frances und ihr Mann mußten tief in der Patsche sitzen,

wenn Jeremy seiner Frau gestattete, diesen Gang nach Canossa anzutreten.
»Zehntausend?« erkundigte er sich geschäftsmäßig.
»Eine Menge Geld«, murmelte Rosaleen voller Ehrfurcht vor der Zahl.
Schnell hakte Frances ein.
»Eine Menge Geld, ich weiß. Weil es sich um eine schwer aufzutreibende Summe handelt, komme ich ja zu Ihnen. Jeremy wäre nie auf dieses Geschäft eingegangen, hätte Gordon ihm nicht seine Unterstützung zugesagt. Es ist furchtbar, daß Gordons plötzlicher Tod –«
»Sie alle an einer windigen Ecke Ihrem Schicksal überläßt«, vollendete David den Satz mit höflichem Spott, »nachdem sich's unter seinen Fittichen bisher so behaglich leben ließ.«
»Sie haben eine merkwürdige Art, die Situation zu schildern«, entgegnete Frances mit einem nervösen Flackern in den Augen.
»Rosaleen darf das Kapital nicht anrühren. Nur die Zinsen stehen ihr zu.«
»Ich weiß, und die Besteuerung ist heutzutage horrend. Aber es ließe sich doch sicher machen. Wir würden es ja zurückzahlen.«
»Es ließe sich allerdings machen«, antwortete David kalt. »Aber es wird nicht gemacht.«
Frances wandte sich hastig Rosaleen zu.
»Rosaleen, Sie sind doch großzügiger –«
David unterbrach sie brutal.
»Wofür halten die Cloades Rosaleen eigentlich? Für eine Milchkuh? Die ganze Sippschaft ist hinter ihr her, bettelt sie an und schmiert ihr Honig ums Maul. Und hinter ihrem Rükken? Da haßt man sie, wünscht ihr Tod und Teufel an den Hals.«
»Das ist nicht wahr!«
»Jawohl, es ist wahr. Ich habe sie satt, die Cloades! Alle miteinander. Und Rosaleen geht's genauso. Von uns ist kein Geld mehr zu bekommen, also können Sie sich die Besuche und die Bettelei sparen.«

Davids Gesicht war vor Wut verzerrt.
Frances erhob sich. Kein Muskel in ihrem Gesicht bewegte sich. Sie zog sich ihre Handschuhe an, geistesabwesend, aber doch sorgfältig, als handle es sich um eine äußerst bedeutsame Verrichtung.
»Sie machen keine Mördergrube aus Ihrem Herzen, David«, sagte sie.
»Es tut mir so leid«, murmelte Rosaleen. »Es tut mir so leid.«
Frances schenkte ihr nicht die geringste Aufmerksamkeit. Sie schritt zur Tür.
»Sie haben behauptet, ich haßte Rosaleen. Das stimmt nicht. Sie hasse ich.«
»Was meinen Sie damit?« schnappte David mehr als er fragte.
»Eine Frau muß sehen, wo sie bleibt. Rosaleen hat einen um Jahrzehnte älteren Mann geheiratet. Warum nicht? Aber Sie! Sie heften sich wie ein Parasit an sie, leben von ihr, von ihrem Besitz.«
»Ich stelle mich nur zwischen sie und die Meute habgieriger Geier, die sie umlauert.«
Sie standen einander gegenüber und maßen sich mit stummem Blick. Es schoß David durch den Kopf, daß Frances Cloade keine ungefährliche Feindin war. Er verhehlte sich nicht, daß diese Frau skrupellos ein einmal gestecktes Ziel verfolgen würde.
Als Frances Miene machte, das Schweigen zu beenden, spürte David beinahe körperlich die Spannung, die den Raum erfüllte. Doch Frances Cloade machte nur eine bedeutungslose Bemerkung.
»Ich werde nicht vergessen, was Sie gesagt haben, David.«
Und ohne sich noch einmal umzusehen, verließ sie den Raum.
Rosaleen weinte leise.
»Hör auf, Närrin!« fuhr David sie an. »Möchtest du etwa, daß die ganze Bande über dich hinwegtrampelt und dir jeden Cent, den du besitzt, aus der Tasche zieht?«
»Aber wenn's doch nicht mein rechtmäßiges Geld –«

Davids Blick machte sie verstummen.
»Ich hab's nicht so gemeint, David.«
»Das will ich hoffen«, erwiderte er grob.
Das dumme Gewissen! Rosaleens Gewissen würde ihnen noch zu schaffen machen.
Ein Schatten flog über sein Gesicht. Rosaleen rief unvermittelt:
»Ein Schatten fällt auf mein Grab!«
David sah seine Schwester verdutzt an. Nach einem Moment der Verständnislosigkeit sagte er:
»Siehst du selbst, daß es so weit kommen könnte?«
»Was meinst du damit, David?«
»Ich meine, daß fünf oder sechs Leute keinen anderen Gedanken haben, als dich schneller in dein Grab zu befördern, als du hineingehörst.«
»Soll das heißen . . . Mord . . .?«
Ihre Stimme war fast tonlos vor Entsetzen.
»Aber so nette Leute wie die Cloades begehen doch keinen Mord.«
»Ich bin nicht so sicher, daß es nicht gerade die netten Leute wie die Cloades sind, die Morde begehen. Aber solange ich da bin und auf dich aufpasse, werden sie keinen Erfolg haben. Zuerst müssen sie mich aus dem Weg schaffen, wollten sie an dich ran. Falls ich jemals aus dem Weg geräumt werden sollte, Rosaleen, dann gib acht auf dich, hörst du?«
»Sag nicht so furchtbare Dinge, David!«
Er packte ihren Arm.
»Gib acht auf dich, Rosaleen, wenn ich nicht da sein sollte, um dich zu beschützen. Das Leben ist keine Spazierfahrt, es ist eine gefährliche Angelegenheit, und ich habe so das Gefühl, als sei es für dich ganz besonders gefährlich.«

8

»Kannst du mir fünfhundert Pfund leihen, Rowley?«
Rowley starrte Lynn fassungslos an. Atemlos vom Laufen, die Lippen trotzig zusammengepreßt und mit blassem Gesicht stand sie in der Tür.
Besänftigend und in einem Ton, wie er ihn einem erregten Pferd gegenüber anzuwenden pflegte, sagte Rowley:
»Aber beruhige dich doch, Mädchen. Was gibt's denn? Was ist denn los?«
»Ich brauche fünfhundert Pfund.«
»Die könnte ich auch gebrauchen, ehrlich gesagt.«
»Es ist kein Witz, Rowley. Kannst du mir das Geld leihen?«
»Ich bin völlig blank, Lynn. Der neue Traktor –«
Lynn wehrte ungeduldig ab.
»Ja, ja, ich weiß, aber du könntest das Geld doch irgendwo aufnehmen. Du könntest es dir doch sicher beschaffen, wenn es sein müßte.«
»Wofür brauchst du es, Lynn? Ist denn irgend etwas passiert?«
»Ich brauche das Geld für ihn.«
Eine jähe Bewegung mit dem Kopf deutete in Richtung des Hauses auf dem Hügel.
»Für Hunter? Ja, aber um Himmels willen –«
»Mama hat sich das Geld von ihm geborgt. Sie steckt in Schwierigkeiten mit irgendwelchen Zahlungen.«
»Sie sah in letzter Zeit schlecht aus. Ich kann mir vorstellen, daß es schwer ist für sie.« Rowley nickte voller Verständnis. »Ich wünschte, ich könnte dir helfen, Lynn.«
»Ich ertrage es nicht, daß sie sich von diesem Menschen Geld leiht.«
»Sei vernünftig, Lynn. Schließlich ist es Rosaleen, die über das Geld zu verfügen hat, nicht Hunter. Und was ist schließlich dabei?«
»Was dabei ist? Rowley! Wie kannst du nur so fragen!«
»Ich finde beim besten Willen nichts dabei«, beharrte Rowley. »Sie weiß, daß Gordon uns alle stets unterstützt hat,

und es ist nur natürlich, daß sie jetzt einspringt, wenn Not am Mann ist.«
»Rowley, du wirst dir doch nicht etwa auch von ihr geborgt haben?«
»Nein, aber das ist etwas anderes. Ich kann nicht gut zu einer Frau gehen und sie bitten, mir Geld zu geben.«
»Begreifst du denn nicht, daß es gräßlich ist für mich, David Hunter für etwas dankbar sein zu müssen?« fragte Lynn eindringlich.
»Du bist ihm in keiner Weise zu Dank verpflichtet. Es ist nicht sein Geld.«
»Doch, es ist sein Geld. Er allein ist maßgebend. Rosaleen tut nur, was er sagt.«
»Wenn du es so betrachtest – möglich. Aber juristisch gesehen gehört das Geld ihr und nicht ihm.«
»Du willst oder kannst mir also nichts leihen?«
Sie schnitt alle vom Thema abweichenden Erörterungen mit einer schroffen Handbewegung ab.
»Nimm doch Vernunft an, Lynn, und sei nicht so hartnäckig. Wenn du in wirklicher Not wärst, ich meine, wenn's um Erpressung oder drückende Schulden ginge, da könnte ich natürlich ein Stück Land verkaufen oder Vieh, aber so etwas sollte man nur tun, wenn's wirklich keinen anderen Ausweg mehr gibt, wenn es ums Letzte geht. Was weiß ich, was die Regierung einem nächstens an neuen Lasten aufbürdet? Es ist einfach zu viel für einen Mann allein, eine solche Farm zu bewirtschaften.«
»Ich weiß«, entgegnete Lynn voller Bitterkeit, »wenn nur Johnnie nicht gefallen wäre –«
»Laß gefälligst Johnnie aus dem Spiel«, fuhr Rowley auf.
Er hatte regelrecht geschrien. Entgeistert starrte Lynn ihn für einen Augenblick an. Dann drehte sie sich um und ging langsam heim.

»Kannst du es ihm nicht zurückgeben, Mama?«
»Ausgeschlossen, Lynn, ausgeschlossen. Ich ging geradewegs zur Bank damit. Und dann habe ich gleich Arthurs und

Bodgham und Knebworth bezahlt. Knebworth hat in letzter Zeit entsetzlich gedrängt. Ach, was war das für eine Erleichterung, diese drückenden Schulden los zu sein. Seit Nächten habe ich kein Auge mehr zugetan. Rosaleen war sehr nett und verständnisvoll.«

»Da wirst du wohl jetzt von Zeit zu Zeit zu ihr pilgern.«

»Das wird hoffentlich nicht nötig sein. Was in meinen Kräften steht, tue ich; aber bei der heutigen Lage! Alles wird teurer, und es sieht nicht danach aus, als ob sich das so bald änderte.«

»Wir hätten sie nicht um Geld angehen dürfen«, erklärte Lynn hartnäckig. »Jetzt hat jeder das gute Recht, uns zu verachten.«

»Wer verachtet uns?«

»David Hunter.«

»Es will mir nicht einleuchten, was das David Hunter angehen soll. Zum Glück war er heute morgen nicht daheim, als ich vorsprach. Er hat sie vollkommen in der Gewalt.«

»Den ersten Morgen nach meiner Heimkehr hast du eine so sonderbare Bemerkung gemacht, Mama. ›Wenn er überhaupt ihr Bruder ist‹, hast du gesagt. Was meintest du damit?«

»Ach . . .« Mrs. Marchmont sah leicht irritiert drein. »Man hört so mancherlei reden. Du weißt doch . . .«

Lynn begnügte sich damit, ihre Mutter fragend anzusehen. Mrs. Marchmont hüstelte verlegen und fuhr dann fort:

»In Gesellschaft von Frauen dieser Art, Abenteuerinnen – der gute Gordon hat sich natürlich einfangen lassen? –, ist meist ein junger Mann anzutreffen, der so gut wie dazugehört. Angenommen, Rosaleen kabelte nach Kanada, oder was weiß ich wohin, dem jungen Mann, und dann tauchte der junge Mann plötzlich auf, und Rosaleen gab ihn als ihren Bruder aus. Wie hätte Gordon wissen sollen, ob es wirklich ihr Bruder war oder nicht?«

»Ich glaube es nicht«, erklärte Lynn. »Ich glaube es einfach nicht.«

Mrs. Marchmont zog zweifelnd die Augenbrauen hoch. »In diesen Dingen, liebes Kind, weiß man nie . . .«

9

Eine Woche später entstieg dem Zug, der um fünf Uhr zwanzig nachmittags in Warmsley Heath hält, ein Mann mit einem Rucksack.
Auf dem gegenüberliegenden Bahnsteig warteten mehrere Golfspieler auf den Gegenzug. Der hochgewachsene, bärtige Mann mit dem Rucksack gab seine Fahrkarte ab und trat auf den Platz vor dem Bahnhof. Ein paar Minuten stand er unschlüssig da, dann fiel sein Blick auf das Schild mit dem Hinweis: »Fußweg nach Warmsley Vale«, und er machte sich auf den Weg.

In Long Willows hatte Rowley sich eben eine Tasse Tee gebraut, als ein Schatten über den Küchentisch fiel und ihn veranlaßte, aufzublicken.
Falls er erwartet hatte, das Mädchen vor der Tür sei Lynn, so dauerte seine Enttäuschung nur den Bruchteil einer Sekunde, bevor sie Erstaunen Platz machte, denn die weibliche Gestalt war Rosaleen Cloade.
Sie trug ein Kleid aus gestreiftem, grobgewebtem Leinen, eines dieser einfach aussehenden Stücke, die mehr kosten, als Rowley sich jemals hätte träumen lassen.
Bisher hatte er Rosaleen nur in eleganten Modellen gesehen, die sie trug wie ein etwas unsicheres Mannequin. Das grün und orange gestreifte Leinenkleid verwandelte sie zu ihrem Vorteil. Es unterstrich ihre blauen Augen und die dunklen Haare. Selbst ihre Stimme schien von der Verwandlung angesteckt und natürlicher zu sein als sonst.
»Es ist solch ein herrlicher Nachmittag«, erklärte sie. »Da habe ich einen Spaziergang gemacht. David ist in London«, fügte sie hinzu.
Sie sagte es beinahe schuldbewußt. Dann nahm sie eine Zigarette aus ihrer Tasche und bot auch Rowley eine an. Er nahm ihr das kostbar aussehende goldene Feuerzeug aus der Hand und brachte es mit einer Bewegung zum Brennen. Als Rosaleen sich über die Flamme beugte, fielen ihm ihre lan-

gen, seidigen Wimpern auf, und er dachte: Gordon wußte, was er tat ...
»Ein hübsches Kälbchen haben Sie da auf Ihrer Wiese«, sagte Rosaleen. Erstaunt über ihr Interesse an ländlichen Dingen, begann Rowley über die Farm zu erzählen. Ihr Interesse war nicht geheuchelt. Rowley fand bald heraus, daß sie vom Farmwesen allerhand verstand. Melken und Buttern waren ihr vertraute Begriffe.
»Sie gäben ja eine prächtige Farmersfrau ab, Rosaleen«, erklärte er lachend.
»Wir hatten eine Farm ... in Irland ... bevor ich hierherkam.«
Ihr Gesicht überschattete sich.
»Bevor Sie zur Bühne gingen?«
»Es ist noch nicht lange her«, meinte Rosaleen. »Ich erinnere mich noch an alles. Wenn es sein müßte, könnte ich jetzt, auf der Stelle, Ihre Kühe melken, Rowley.«
Das war eine neue Rosaleen. Ob David Hunter wohl mit der Offenbarung der ländlichen Vergangenheit seiner Schwester einverstanden gewesen wäre? Rowley bezweifelte das. Irischer Landadel, das war der Eindruck, den David zu erwekken wünschte. Rosaleens Version kam der Wahrheit näher, davon war er überzeugt. Hartes Bauernleben, dann die Versuchung des Theaters, die Tournee nach Südafrika, Heirat, darauf Trennung, dann ein Weilchen zielloses Umherirren und endlich neuerliche Heirat mit einem Millionär in New York ...
»Würde Ihnen ein Rundgang über die Farm Freude machen?« fragte Rowley.
»O ja!« Ihre Augen leuchteten richtig auf.
Amüsiert von ihrem eifrigen Interesse führte Rowley sie herum. Doch als er schließlich vorschlug, nun für sie beide Tee zu machen, sah sie plötzlich schuldbewußt drein und meinte, es sei höchste Zeit für sie, heimzukehren. Sie schaute auf ihre Uhr und rief entsetzt:
»Mein Gott, wie spät es schon ist! David kommt mit dem 5-Uhr-20-Zug zurück. Er wird sich wundern, wo ich stecke.«

Und schüchtern fügte sie hinzu: »Es war ein schöner Nachmittag, Rowley.«
Rowley sah ihr nach, wie sie eilig den Weg nach Hause einschlug. Sie hatte wirklich einen schönen Nachmittag verbracht. Ausnahmsweise hatte sie sein dürfen, wie sie war, ungekünstelt und natürlich, ein einfaches, hübsches Mädchen aus ländlicher Umgebung. Sie hatte Angst vor David, daran war nicht zu zweifeln. David regierte in dieser Gemeinschaft. Und heute war er fort, und sie hatte ihre Freiheit genossen wie ein Dienstbote, der einmal in der Woche Ausgang hat. Die reiche Mrs. Gordon Cloade!
Er lächelte grimmig, als er ihr nachsah. Kurz bevor Rosaleen den Zaun auf halber Höhe des Hügels erreichte, kletterte ein Mann darüber. Im ersten Augenblick meinte Rowley, David zu sehen, doch dann erkannte er, daß der Mann größer und stärker war. Rosaleen trat zurück, um den Mann vorbeizulassen, dann sprang sie über den Zaun und rannte den Rest der Strecke.
Rowley stand noch eine Weile in Gedanken versunken da. Eine fremde Stimme riß ihn aus seinen Träumen.
Ein hochgewachsener Mann mit einem Filzhut auf dem Kopf und einem lässig über die Schulter geworfenen Rucksack stand auf dem Fußweg jenseits des Gatters.
»Ist dies der Weg nach Warmsley Vale?« erkundigte sich der Fremde.
»Ja, halten Sie sich nur immer an den Pfad. Quer über dieses Feld dort, dann kommen Sie zur Landstraße. Da wenden Sie sich nach rechts, und in ein paar Minuten sind Sie mitten im Dorf.«
Hunderte von Malen hatte er die gleiche Auskunft erteilt.
Die nächste Frage war nicht so üblich, doch beantwortete Rowley sie, ohne ihr weitere Beachtung zu schenken.
»Im ›Hirschen‹ oder im ›Glockenhof‹. Sie sind beide gleich gut – oder gleich schlecht, wie man's nimmt. In einem von beiden Hotels kriegen Sie sicher ein Zimmer für die Nacht.«
Rowley betrachtete sich den Fragesteller genauer. Der Mann war auffallend groß, hatte blaue Augen, ein von der Sonne

gebräuntes Gesicht und einen Bart. Er sah nicht schlecht aus, wenn auch etwas derb und draufgängerisch. Er gehörte jedenfalls nicht zu den Menschen, die gleich auf den ersten Blick vorbehaltlos Sympathien erwecken.
Wahrscheinlich kommt er von Übersee, dachte Rowley. Ihm schien, als spräche der Fremde mit einem Akzent, der ein wenig an die Kolonien erinnerte. Sonderbar, aber das Gesicht kam ihm nicht völlig fremd vor.
»Können Sie mir sagen, ob es hier in der Nähe ein Haus namens Furrowbank gibt?«
»Ja, dort oben auf dem Hügel«, erwiderte Rowley. »Sie müssen daran vorbeigekommen sein, wenn Sie zu Fuß vom Bahnhof hergegangen sind.«
»Das große, neu aussehende Haus auf dem Hügel? Das ist es also.«
Der Mann wandte sich um und schaute zu Furrowbank hinauf.
»Es muß eine Menge kosten, so ein Anwesen zu unterhalten.«
Allerdings, dachte Rowley, und es ist unser Geld! Ärger überflutete ihn einen Moment und ließ ihn vergessen, daß er sich in Gesellschaft eines Fremden befand. Als er sich wieder zusammenriß, fiel ihm der sonderbare Ausdruck in den Augen des Mannes auf, der immer noch das Haus auf dem Hügel anstarrte.
»Wohnt dort nicht eine gewisse Mrs. Cloade?« fragte er.
»Stimmt«, bestätigte Rowley. »Mrs. Gordon Cloade.«
Die Brauen des Fremden zogen sich erstaunt in die Höhe. Ein amüsiertes Lächeln umspielte seinen Mund.
»Ach, Mrs. Gordon Cloade. Da hat sie ja Glück gehabt.« Er nickte Rowley zu. »Danke für die Auskunft«, und den Rucksack zurechtschiebend, setzte er seinen Weg nach Warmsley Vale fort.
Rowley wandte sich langsam wieder seinem Haus zu. Wo hatte er dieses Gesicht nur schon gesehen? Der Gedanke ließ ihn nicht los.
Gegen halb zehn Uhr am Abend des gleichen Tages erhob

sich Rowley vom Tisch, der von einer Unzahl Formulare bedeckt war, warf einen Blick auf Lynns Bild auf dem Kamin und verließ dann nachdenklich das Haus.
Zehn Minuten später stieß er die Tür zur Wirtsstube des Hotels »Zum Hirschen« auf. Beatrice Lippincott nickte ihm hinter der Theke zu. Bei einem Glas Bier tauschte Rowley die üblichen Bemerkungen über das Wetter, die Fehler der augenblicklichen Regierung und die Ernte aus. Nach einem Weilchen gelang es ihm, sich näher an Beatrice heranzupirschen und sie leise zu fragen:
»Ist heute nicht ein Fremder angekommen? Großer Mann. Verbeulter Hut.«
»So gegen sechs Uhr ist ein Gast gekommen. Der könnte es sein, Mr. Rowley.«
»Den meine ich. Er kam bei mir vorbei und fragte nach dem Weg.«
»Er scheint hier in der Gegend nicht bekannt zu sein«, bemerkte Beatrice.
»Ich war neugierig, wer es wohl sein könnte.«
Er lächelte Beatrice an, und Beatrice lächelte zurück.
»Nichts leichter als das, Mr. Rowley, wenn Ihnen daran liegt, es zu wissen.«
Sie holte unter der Theke ein großes, in braunes Leder gebundenes Buch hervor, in das die ankommenden Gäste eingeschrieben wurden. Die letzte Eintragung lautete:

Enoch Arden. Kapstadt. Britischer Staatsangehöriger.

10

Es war ein herrlicher Morgen. Die Vögel zwitscherten, die Sonne schien, und Rosaleen, in ihrem teuren, so einfach wirkenden gestreiften Kleid zum Frühstück hinunterkommend, war mit sich und der Welt zufrieden.
Die Ahnungen und Ängste, die sie in letzter Zeit bedrückt hatten, waren verflogen. David war ebenfalls guter Laune

und zu Scherzen aufgelegt. Sein Besuch in London am Vortag war zu seiner Zufriedenheit verlaufen. Das Frühstück war ausgezeichnet. Sie waren eben damit fertig, als die Post gebracht wurde.
Sieben oder acht Briefe waren an Rosaleen gerichtet. Rechnungen, Bitten um Unterstützung verschiedener Wohltätigkeitsorganisationen, nichts von Bedeutung.
David legte ein paar kleine Rechnungen beiseite und öffnete einen Umschlag, dessen Adresse in Druckbuchstaben geschrieben war. Auch der inliegende Brief war in der gleichen unpersönlichen Weise abgefaßt.

Sehr geehrter Mr. Hunter,
da der Inhalt dieses Briefes Ihre Schwester »Mrs. Cloade« erschrecken könnte, halte ich es für richtiger, mein Schreiben an Sie zu richten. Um mich kurz zu fassen: Ich habe Nachrichten von Captain Robert Underhay, was Ihre Schwester sicher freuen wird zu hören. Ich wohne im »Hirschen«. Falls Sie mich dort heute abend aufsuchen wollen, werde ich Ihnen gern Näheres mitteilen.
Mit vorzüglicher Hochachtung
Enoch Arden

Ein erstickter Laut entfloh David. Rosaleen schaute lächelnd auf, wurde jedoch sogleich ernst, als sie das Gesicht ihres Bruders sah, und fragte beunruhigt:
»Was gibt's denn, David?«
Er hielt ihr stumm den Brief entgegen.
Rosaleen las das Schreiben.
»Aber David ... ich verstehe nicht, was ... was hat das zu bedeuten?«
»Du kannst doch lesen, oder hast du's verlernt?«
»Bedeutet das, daß wir ... was sollen wir tun?«
Auf Davids Stirn hatten sich tiefe Querfalten gebildet. Nun nickte er seiner Schwester besänftigend zu.
»Mach dir keine Sorgen. Ich werde die Sache erledigen.«
»Ja, aber bedeutet das, daß wir –«

»Hab nicht gleich Angst, Rosaleen. Ich werde dir sagen, was du tust. Du gehst gleich hinauf, packst ein Köfferchen und fährst nach London. Bleib in der Wohnung dort, bis du von mir hörst. Alles übrige überlaß ruhig mir.«
»Ja, aber –«
»Tu, was ich dir gesagt habe, Rosaleen.«
Er lächelte ihr zu und sprach freundlich und mit zuversichtlich klingender Stimme auf sie ein.
»Geh hinauf und pack deine Siebensachen. ich fahre dich zum Bahnhof. Du kannst den 10-Uhr-32-Zug noch erwischen. Sag dem Portier in London, daß du niemanden zu sehen wünschst. Falls jemand nach dir fragt, per Telefon oder persönlich, so laß sagen, du seiest nicht da, du seiest nicht in der Stadt. Drück dem Portier ein Trinkgeld in die Hand, damit er's nicht vergißt. Er darf niemanden zu dir lassen außer mir.«
»Oh!« Rosaleens Hände hoben sich in ängstlicher Geste.
»Es besteht kein Grund zu Befürchtungen«, versicherte David. »Aber die Situation ist nicht einfach, und du bist ihr nicht gewachsen. Deshalb will ich dich aus dem Weg haben. Ich werde schon damit fertig, hab keine Angst.«
»Kann ich nicht hierbleiben, David?«
»Nein, Rosaleen, sei vernünftig. Ich muß freie Hand haben mit diesem Burschen, wer immer er sein mag.«
»Glaubst du, daß er –«
»Im Augenblick glaube ich überhaupt nichts«, erwiderte David nachdrücklich. »Wir müssen der Reihe nach vorgehen. Und als erstes mußt du von der Bildfläche verschwinden. Dann kann ich herausfinden, wie die Dinge liegen. Sei vernünftig, Rosaleen, und beeil dich.«
Gehorsam verließ sie den Raum.
David musterte stirnrunzelnd den Brief in seiner Hand. Der Ton war höflich, der Inhalt nichtssagend. Irgendwelche Schlüsse aus den Zeilen zu ziehen, war schwierig. Möglich, daß der Schreiber ehrliche Besorgtheit ausdrücken wollte, möglich aber auch, daß es ihm darum zu tun war, eine versteckte Drohung anzubringen. Was David etwas seltsam er-

schien an dem Brief, waren die Anführungszeichen vor und nach dem Namen seiner Schwester. Dieses »Mrs. Cloade« wirkte beunruhigend.
Er betrachtete die Unterschrift. Enoch Arden. Eine Erinnerung wurde geweckt, blieb aber verschwommen. Irgendwelche Verse hingen damit zusammen.

Als David an diesem Abend die Halle des »Hirschen« betrat, war, wie üblich, niemand da. Eine Tür an der linken Seite trug die Aufschrift »Café«, eine Tür an der rechten Seite war bezeichnet mit »Salon«. Eine weiter hinten liegende Tür führte zu Räumlichkeiten, die laut Hinweis »Nur für Hotelgäste« reserviert waren. Durch einen Korridor, der rechts abzweigte, kam man in die Wirtsstube, aus der gedämpftes Stimmengewirr herüberdrang. Auf die durchsichtige Vorderfront eines Glasverschlags was »Büro« gemalt. Neben dem Schiebefenster stand vorsorglich eine Glocke.
Man mußte manchmal vier- oder fünfmal läuten, bevor sich jemand herabließ, nach den Wünschen des Gastes zu fragen. David wußte das aus Erfahrung. Bis auf die wenigen Stunden, in denen die Mahlzeiten serviert wurden, war die Halle des »Hirschen« meist menschenleer wie Robinson Crusoes Eiland.
Heute hatte David Glück. Schon beim dritten Läuten tauchte Miss Beatrice Lippincott von der Wirtsstube her auf und betrat, ihren leuchtendblonden Haarschopf zurechtstreichend, die Halle. Mit einem freundlichen Lächeln schlüpfte sie in den Glasverschlag: »Guten Abend, Mr. Hunter. Kalt draußen für diese Jahreszeit, finden Sie nicht?«
»Ja. Ist bei Ihnen ein Mr. Arden abgestiegen?«
»Warten Sie, ich will nachschauen«, erwiderte Miss Lippincott und blätterte im Gästebuch, als müsse sie sich vergewissern. Es war eine überflüssige kleine Prozedur, auf die sie nie verzichtete, wohl in der irrigen Ansicht, dadurch das Ansehen des »Hirschen« zu steigern.
»Ja, hier haben wir ihn. Nummer 5 im ersten Stock. Sie können nicht fehlgehen, Mr. Hunter. Die Treppe hinauf und

dann nicht zur Galerie, sondern links herum und drei Stufen hinunter.«
Dieser Anweisung folgend, stand David kurz darauf vor Nummer 5. Auf sein Klopfen rief eine Stimme: »Herein.«
David trat ein und schloß die Tür hinter sich.

Beatrice Lippincott verließ den Glasverschlag und rief: »Lilly!«, woraufhin ein etwas dumm dreinschauendes Mädchen mit wäßrigen Glotzaugen erschien.
»Können Sie mich für ein Weilchen vertreten, Lilly?« fragte Miss Lippincott. »Ich muß nach der Bettwäsche sehen.«
Lilly kicherte unmotiviert und erwiderte: »Ja, Miss Lippincott.« Und mit einem sehnsüchtigen Seufzer fügte sie hinzu: »Ist der Mr. Hunter nicht ein wunderschöner Mann?«
»Ach, ich habe einen Haufen junger Leute von seinem Schlag zu Gesicht bekommen während des Krieges«, tat Miss Lippincott die schwärmerische Bemerkung überlegen ab. »Junge Piloten vom Flugplatz drüben und was damals alles dort so herumschwirrte. Man wußte nie, ob die Schecks auch gut waren, die sie einem gaben. Aber sie hatten eine Art, daß man manchmal wider besseres Wissen handelte. Worauf ich Wert lege, Lilly, ist Klasse. Ein Gentleman ist ein Gentleman und läßt sich auf den ersten Blick erkennen, selbst wenn er einen Traktor fährt.«
Und mit dieser für Lilly nicht leicht zu verstehenden Feststellung verschwand Miss Lippincott in den oberen Regionen.

In Zimmer Nummer 5 blieb David bei der Tür stehen und sah zu dem Mann hinüber, der sich Enoch Arden nannte.
In den Vierzigern, taxierte David, weit herumgekommen, aber nicht immer glimpflich behandelt worden – alles in allem sicher kein leichtzunehmender Mensch.
»Sind Sie Hunter?« eröffnete Arden das Gespräch. »Nehmen Sie Platz. Was wollen Sie? Einen Whisky?«
Er selbst hatte es sich bequem gemacht, wie David bemerkte. Ein kleiner Vorrat an Flaschen stand bereit; im Kamin

brannte Feuer, sehr angenehm an diesem kühlen Frühlingsabend. Die Kleidung war nicht von englischem Schnitt, aber salopp, wie Engländer sie zu tragen pflegen. Dem Alter nach hätte es stimmen können ...

»Danke. Einen Whisky nehme ich gern.«

Sie benahmen sich ein wenig wie Hunde, die noch nicht recht wissen, woran sie miteinander sind. Gespannt, jeden Augenblick bereit, sich spielerisch zu balgen oder zuzuschnappen. Doch über den Gläsern löste sich die Spannung etwas. Die erste Runde war beendet.

Der Mann, der sich Enoch Arden nannte, sagte:

»Sie waren wohl überrascht, als Sie meinen Brief bekamen?«

»Ehrlich gestanden, weiß ich nicht recht, was ich davon halten soll. Ich entnehme Ihren Andeutungen nur, daß Sie den ersten Mann meiner Schwester, Robert Underhay, kannten.«

»Das stimmt. Ich kannte Robert sogar sehr gut.«

Arden lächelte und vergnügte sich damit, blaue Rauchringe in die Luft zu blasen.

»So gut, wie man einen Menschen nur kennen kann. Sie sind nie mit ihm zusammengetroffen, Hunter, nicht wahr?«

»Nein.

»So? Das ist ja gut.«

»Was meinen Sie damit?« fragte David argwöhnisch.

»Es macht alles viel einfacher, mein Lieber, nichts weiter. Entschuldigen Sie, daß ich Sie ersucht habe, hierherzukommen, aber ich hielt es für besser« – er schaltete eine kleine Pause ein –, »Rosaleen aus dem Spiel zu lassen. Wozu ihr unnötig Sorgen bereiten?«

»Dürfte ich Sie bitten, zur Sache zu kommen?«

»Selbstverständlich. Haben Sie jemals die Möglichkeit erwogen, es könne mit Robert Underhays Tod eventuell nicht alles mit rechten Dingen zugegangen sein?«

»Was zum Teufel wollen Sie damit sagen?«

»Nun, Underhay war ein sonderbarer Mensch. Er hatte so seine eigenen Vorstellungen. Möglich, daß es Ritterlichkeit war, möglich aber auch, daß ihn andere Motive bewogen haben, doch können wir das beiseite lassen und einfach annehmen, Underhay wäre es damals, vor einigen Jahren, aus bestimmten Gründen sehr recht gewesen, als tot zu gelten. Er verstand ausgezeichnet, mit den Eingeborenen umzugehen. Sie zu veranlassen, eine Geschichte von angeblichen Ereignissen in Umlauf zu setzen, bereitete ihm sicher keine nennenswerte Schwierigkeit. Mehr brauchte es nicht. Eine Geschichte, mit genügend glaubwürdigen Einzelheiten ausgeschmückt. Alles, was für ihn zu tun blieb, war, tausend Meilen vom Schauplatz entfernt unter anderem Namen wiederaufzutauchen.«

»Das erscheint mir eine etwas gewagte Annahme«, wehrte David ab. »Zu phantastisch.«

Arden grinste. Er lehnte sich vor und tätschelte Davids Knie.

»Aber angenommen, es ist die Wahrheit. Was dann?«

»Ich würde unwiderlegbare Beweise verlangen.«

»Ja? Möglich, daß Underhay selbst eines Tages in Warmsley Vale auftaucht. Würde Ihnen dieser Wahrheitsbeweis gefallen?«

»Jedenfalls wäre er eindeutig«, bemerkte David trocken.

»Eindeutig allerdings, aber gleichzeitig doch auch ein bißchen peinlich. Für Mrs. Gordon Cloade, meine ich. Sogar ziemlich peinlich. Das müssen Sie doch wohl zugeben.«

»Meine Schwester ging ihre zweite Ehe im ehrlichen Glauben ein, verwitwet zu sein.«

»Selbstverständlich. Das bedarf gar keiner Erwähnung. Jeder Richter würde das anerkennen. Nicht der geringste Vorwurf kann sie treffen.«

»Wieso Richter?« erkundigte sich David stirnrunzelnd.

Enoch Arden sagte in entschuldigendem Ton:

»Ich dachte an die juristische Seite: Bigamie.«

»Worauf wollen Sie hinaus?« fragte David ungeduldig.

»Regen Sie sich doch nicht auf, mein Lieber! Lassen Sie uns in Ruhe gemeinsam überlegen, was am besten zu tun ist. Am besten für Ihre Schwester, meine ich. Wem liegt schon daran, Staub aufzuwirbeln und den Leuten Gesprächsstoff zu liefern? Underhay war immer ein Kavalier.« Arden machte eine Pause. »Er ist es noch . . .«

»Er ist es noch?« wiederholte David.
»Das sagte ich eben.«
»Sie behaupten, Robert Underhay lebt? Wo befindet er sich augenblicklich?«
Arden lehnte sich vor, und sein Ton wurde vertraulich.
»Wollen Sie das wirklich wissen, Hunter? Wäre es nicht besser, Sie wären nicht im Bild? Oder sagen wir der Genauigkeit halber: Wäre es nicht besser, Sie und Rosaleen könnten erklären, soweit Sie informiert seien, starb Underhay in Afrika? Na, sehen Sie! Und falls Underhay lebt, weiß er nichts davon, daß seine Frau sich wieder verheiratet hat, denn hätte er eine Ahnung, würde er sich selbstverständlich melden ... Rosaleen hat von ihrem zweiten Mann ein großes Vermögen geerbt. Nun, wie die Dinge stehen, wäre Rosaleen doch eigentlich nicht erbberechtigt. Underhay ist ein Mann von ausgeprägtem Ehrgefühl. Es wäre ihm entsetzlich zu wissen, daß sie diese Erbschaft unter Vorgabe falscher Tatsachen zugesprochen bekommen hat.« Wieder entstand eine Pause. »Aber Underhay braucht ja, wie gesagt, von dieser zweiten Heirat nichts zu erfahren. Es geht ihm nicht gut, dem armen Kerl. Gar nicht gut.«
»Inwiefern geht es ihm nicht gut?«
»Er ist krank, sehr krank, und braucht dringend ärztliche Hilfe und Pflege. Er müßte sich einer Kur unterziehen, alles sehr kostspielige Dinge ...«
David hakte ein.
»Kostspielig?«
»Ja, leider kostet doch alles Geld. Und Robert Underhay besitzt praktisch nichts außer dem, was er am Leibe trägt.«
Davids Blick wanderte durch den Raum und blieb auf dem über einem Stuhlrücken hängenden Rucksack haften. Von einem Koffer war nichts zu sehen.
»Ich hege gewisse Zweifel daran, daß Robert Underhay wirklich so ein vollendeter Kavalier ist, wie Sie es mich glauben machen wollen«, meinte er nach einer Pause.
»Er war es früher«, versicherte der andere. »Aber die Not hat ihn naturgemäß ein wenig härter und zum Zyniker gemacht.

Gordon Cloade war ein von Gütern außergewöhnlich gesegneter Mann. Der Anblick zu großen Reichtums erweckt im Armen manchmal die niedrigeren Instinkte.«

»Meine Antwort steht fest.« David Hunter erhob sich. »Scheren Sie sich zum Teufel!«

Ohne seine lässige Haltung zu verändern, erwiderte Arden: »Ich habe diese Antwort von Ihnen erwartet.«

»Sie sind ein regelrechter Erpresser und nichts weiter«, erklärte David. »Und ich hätte die größte Lust, die Polizei auf Sie zu hetzen.«

»Mich der Öffentlichkeit preisgeben, ja?« Arden grinste. »Doch Ihnen wäre es weniger angenehm, würde ich mich an die Öffentlichkeit wenden. Aber beruhigen Sie sich, ich verzichte darauf. Wenn Sie nicht kaufen wollen, weiß ich noch andere Interessenten für meine Ware.«

»Was soll das heißen?«

»Na, die Cloades! Angenommen, ich gehe zu ihnen mit meiner Geschichte? ›Entschuldigen Sie, bitte, wenn ich Sie störe, aber es interessiert Sie vielleicht, daß Robert Underhay noch lebt!‹ Mein Lieber, stellen Sie sich den Empfang vor, den man mir bereiten würde. Mit offenen Armen käme die gesamte Familie mir entgegen.«

»Es würde Ihnen wenig nützen. Von denen kriegen Sie keinen roten Heller. Die sind samt und sonders arm wie die Kirchenmäuse«, entgegnete David grimmig.

»Es gibt doch so etwas wie – die Juristen nennen es so – ein Erfolgshonorar. Man einigt sich darauf, daß soundsoviel in bar zu zahlen ist an dem Tag, an dem klipp und klar bewiesen wird, daß Robert Underhay noch lebt, Mrs. Gordon Cloade also dem Gesetz nach Mrs. Underhay ist und Gordon Cloades vor der Heirat abgefaßtes Testament seine volle Gültigkeit behalten hat.«

Einige Minuten saß David da, ohne ein Wort zu erwidern. Dann fragte er ohne alle Umschweife:

»Wieviel?«

Die Antwort wurde ihm ebenso unverblümt zuteil:

»Zwanzigtausend.«

»Kommt nicht in Frage. Meine Schwester darf das Kapital nicht antasten. Sie hat nur die Nutznießung.«
»Also zehntausend. Sie kann sich das Geld irgendwo verschaffen. Mit Leichtigkeit. Und sie wird doch auch Schmuck haben.«
Wieder verfiel David in minutenlanges Schweigen, bevor er erwiderte:
»Gut. Einverstanden.«
Der andere sah ihn fassungslos an und ein wenig unsicher, als sei ihm der unerwartet in den Schoß gefallene Sieg nicht ganz geheuer.
»Keine Schecks«, erklärte er. »Nur bares Geld.«
»Aber Sie müssen uns Zeit geben, damit wir das Geld irgendwo auftreiben können.«
»Ich gebe Ihnen achtundvierzig Stunden.«
»Sagen wir nächsten Dienstag.«
»Einverstanden. Bringen Sie mir das Geld hierher.« Und bevor David noch etwas entgegnen konnte, fügte er hinzu: »Sie an einer einsamen Wegbiegung oder einer abgelegenen Stelle am Fluß zu treffen, fällt mir nicht ein. Sie müssen mir das Geld hierher in den ›Hirschen‹ bringen, und zwar am nächsten Dienstag abends um neun.«
»Großes Vertrauen bringen Sie mir nicht entgegen«, sagte David höhnisch.
»Ich habe schon allerhand erlebt, und ich kenne Ihren Typ.«
»Also abgemacht. Nächsten Dienstag.«
David verließ das Zimmer, das Gesicht von Wut verzerrt.
Beatrice Lippincott trat aus dem Zimmer Nummer 4 auf den Korridor. Zwischen den Zimmern Nummer 4 und Nummer 5 gab es eine Verbindungstür, da jedoch der Kleiderschrank von Nummer 5 davorstand, blieb sie den Bewohnern dieses Zimmers meist verborgen.
Miss Lippincotts Wangen waren rosig überhaucht, und ihre Augen glänzten vor innerer Erregung.

11

Shepherds Court nannte sich das imposante Appartementhaus in Mayfair, das in luxuriöse Wohnungen aufgeteilt war. Auch jetzt noch wurden die Räume mit Bedienung vermietet, obwohl die Bedienung nicht mehr so erstklassig war wie vor dem Krieg. Früher hatten zwei Portiers den Dienst in der Halle unten versehen; nun mußte einer dieser Aufgabe gerecht werden. Im Restaurant konnte man auch jetzt noch alle Mahlzeiten bekommen, doch wurde mit Ausnahme des Frühstücks nichts mehr aufs Zimmer serviert.

Das von Mrs. Gordon Cloade gemietete Appartement befand sich im dritten Stock und umfaßte einen Salon mit eingebauter Bar, zwei Schlafzimmer mit eingebauten Schränken und ein hochelegantes Bad, in dem auf Hochglanz polierte Kacheln mit den verchromten Hähnen und Handtuchhaltern um die Wette funkelten.

David Hunter ging im Salon mit großen Schritten auf und ab, während Rosaleen ängstlich und eingeschüchtert in der Ecke eines Sofas saß und ihn beobachtete.

»Erpressung!« murmelte David. »Erpressung, gemeine Erpressung. Himmel, bin ich der Mensch, der sich erpressen läßt?«

Rosaleen schüttelte ratlos den Kopf.

»Wenn ich nur eine Ahnung hätte«, sagte David. »Wenn ich nur eine Ahnung hätte.«

Von Rosaleen kam ein unterdrückter Schluchzer.

»Dies im dunklen Tappen macht mich verrückt.« Unvermittelt drehte er sich zu seiner Schwester um. »Hast du die Smaragde in die Bond Street zu Greatorix gebracht?«

»Ja.«

»Und wieviel?«

»Viertausend. Viertausend Pfund. Er hat gesagt, falls ich sie nicht verkaufe, müßten sie neu versichert werden.«

»Ja, Edelsteine sind im Wert gestiegen. Wenn's sein muß, können wir natürlich das Geld auftreiben. Aber wenn wir zahlen, ist das ja nur der Anfang, Rosaleen. Es bedeutet, daß

man uns aussaugen wird, buchstäblich aussaugen bis auf den letzten Heller.«
»Können wir denn nicht einfach wegfahren, David? Nach Irland oder nach Amerika, irgendwohin?« weinte Rosaleen.
»Du bist keine Kämpfernatur, Rosaleen. Mach dich aus dem Staube, sobald es brenzlig wird, das ist dein Motto.«
»Ach nein, aber das alles ist schrecklich, und wir sind im Unrecht. Von Anfang an. Es war schlecht von uns«, jammerte sie.
»Hör auf mit dem moralischen Getue«, fuhr David sie an. »Wir saßen schön drin im warmen Nest. Zum ersten Mal in meinem Leben habe ich in einem warmen Nest gesessen, und ich denke nicht dran, mich so mir nichts, dir nichts hinauswerfen zu lassen. Wenn nur diese verfluchte Ungewißheit nicht wäre! Wenn man wüßte . . . Begreifst du denn nicht, daß die ganze Geschichte ein Bluff sein könnte? Ein billiger Bluff, und wir kriechen zitternd und zagend gleich auf den Leim. Wer weiß . . . Underhay liegt vielleicht, wahrscheinlich sogar, irgendwo in Afrika friedlich begraben, so wie wir's immer angenommen haben.«
Ein Schaudern überlief Rosaleen.
»Nicht, David, sag nicht so etwas«, bat sie.
Er blickte ungeduldig zu ihr hinüber, als er jedoch ihre vor Angst geweiteten Augen sah, beherrschte er sich. Er kam zu ihr, setzte sich neben sie und nahm ihre kalten Hände in seine.
»Mach dir keine Sorgen, Rosaleen«, sagte er tröstend. »Ich werde schon alles ins reine bringen. Tu nur, was ich dir sage. Das kannst du doch, nicht wahr?«
»Das tue ich doch immer, David.«
Er lachte.
»Ja, Schwesterchen, das tust du immer. Laß mich nur machen. Wir werden uns schon zu helfen wissen. Mr. Enoch Arden wird sich an mir noch die Zähne ausbeißen.«
»Gibt es nicht ein Gedicht, David, das von einem Mann handelt, der zurückkommt und –«
»Ja«, unterbrach er sie. »Das macht mir ja eben Sorgen. Aber ich werde der Sache schon auf den Grund kommen.«

»Und Dienstag abend bringst du ihm – das Geld?«
Er nickte.
»Ja. Aber nur fünftausend. Ich werde ihm erklären, daß ich unmöglich auf einmal die ganze Summe auftreiben konnte. Auf alle Fälle muß ich ihn daran hindern, zu den Cloades zu laufen. Ich glaube, es war eine leere Drohung, aber ich bin nicht sicher.«
Er hielt inne und lehnte sich zurück. In seine Augen trat ein nachdenklicher Ausdruck. Die Gedanken hinter seiner Stirn arbeiteten, erwogen Möglichkeiten, maßen ab und trafen Entscheidungen.
Und dann lachte er plötzlich. Es war ein unvermitteltes, heiteres und unbekümmertes Lachen. Es war das Lachen eines Mannes, der zur Tat schreitet und den nichts von einem gefährlichen Unternehmen abhalten kann. Trotz lag darin und zugleich Genugtuung.
»Ich kann mich auf dich verlassen, Rosaleen«, sagte er. »Gott sei Dank kann ich mich auf dich verlassen.«
»Auf mich verlassen?« Rosaleen sah ihn verständnislos an. »In welcher Beziehung?«
»Daß du dich genau an meine Anweisungen hältst und handelst, wie ich es dir gesagt habe. Absolute Zuverlässigkeit und Genauigkeit, Rosaleen, ist bei allen strategischen Operationen der Faktor, von dem der Erfolg abhängt, glaube mir.« Er lachte. »Operation Enoch Arden.«

12

Mit einigem Erstaunen betrachtete Rowley das lila Kuvert in seiner Hand. Wer von seinen Bekannten besaß solches Briefpapier? Und wo war es in der heutigen Zeit überhaupt zu haben? Der Krieg hatte mit Erzeugnissen dieser Art mehr oder weniger aufgeräumt.

Lieber Mr. Rowley,
entschuldigen Sie, daß ich mich auf diese Weise an Sie wende, aber ich hoffe, Sie werden meine Kühnheit entschuldigen, wenn Sie hören, was ich Ihnen mitzuteilen habe. Es gehen Dinge vor, von denen Sie unbedingt unterrichtet sein müssen.

Rowley unterbrach die Lektüre, um einen verständislosen Blick auf die Unterschrift zu werfen.

Ich knüpfe an unser Gespräch von vor einigen Tagen an, als Sie sich nach einer gewissen Person erkundigten. Wenn es Ihnen möglich wäre, im »Hirschen« vorbeizukommen, erzähle ich Ihnen gerne näheres. Wir alle hier haben uns damals empört, als Ihr Onkel starb und sein Geld an Fremde fiel.
Ich hoffe, Sie nehmen mir meine Zeilen nicht übel, aber ich hielt es für sehr wichtig, mich an Sie zu wenden.

Mit bestem Gruß
Beatrice Lippincott

Ratlos starrte Rowley auf den Bogen in seiner Hand. Was sollte das heißen? Wie ließen sich diese Zeilen auslegen? Die gute Bee! Sie kannten sich seit ihrer Kindheit. Seinen ersten Tabak hatte er im Laden ihres Vaters gekauft und später manche Stunde mit ihr hinterm Ladentisch vertrödelt. Sie war ein hübsches Mädchen gewesen. Während einer fast einjährigen Abwesenheit Bees von Warmsley Vale hatten böse Zungen behauptet, sie habe irgendwo ein uneheliches Kind zur Welt gebracht. Vielleicht war es nur Gerede, vielleicht entsprach es der Wahrheit. Heute jedoch genoß sie allgemeines Ansehen.
Rowley warf einen Blick auf die Uhr. Er zog es vor, sich unverzüglich auf den Weg zum »Hirschen« zu machen. Er wollte wissen, was hinter diesen Andeutungen Beatrices steckte.
Es war kurz nach acht Uhr, als er die Tür zur Wirtsstube aufstieß. Rowley grüßte diesen und jenen Gast, ging aber geradewegs zur Theke, wo er sich ein Glas Bier bestellte.

Beatrice lächelte ihm zu. »Guten Abend, Mr. Rowley.«
»Guten Abend, Beatrice. Vielen Dank für Ihren Brief.«
»Ich habe gleich Zeit für Sie. Nur einen Moment.«
Rowley nickte und trank dann langsam sein Bier, während Beatrice die bestellten Getränke ausgab. Sie rief über die Schulter nach Lilly, und bald darauf kam das Mädchen und löste sie ab.
»Wollen Sie bitte mit mir kommen, Mr. Rowley?«
Sie führte ihn durch einen Korridor zu einer Tür, auf der »Privat« stand. Das kleine Zimmer dahinter war mit Plüschmöbeln und Porzellanfigürchen vollgepfropft. Auf einer Sessellehne thronte neckisch ein bereits ziemlich mitgenommener Pierrot aus buntem Seidenstoff.
Beatrice stellte das plärrende Radio ab und deutete auf einen Sessel.
»Ich bin sehr froh, daß Sie meiner Aufforderung gefolgt sind, Mr. Rowley, und ich hoffe wirklich, Sie nehmen mir mein Schreiben nicht übel. Das ganze Wochenende habe ich mir den Kopf zerbrochen und überlegt, was ich tun soll, aber ich habe das Gefühl, Sie müssen einfach wissen, was hier los war.«
Beatrice fühlte sich glücklich und völlig in ihrem Element. Außerdem kam sie sich sehr wichtig vor.
Rowley fragte mit sanftem Drängen:
»Und was war los?«
»Sie erinnern sich doch an Mr. Arden, nicht wahr? Den Herrn, nach dem Sie sich neulich erkundigt haben, Mr. Rowley.«
»Ja, natürlich.«
»Am nächsten Abend kam Mr. Hunter und fragte nach ihm.«
»Mr. Hunter?«
Rowley richtete sich interessiert auf.
»Ja, Mr. Rowley. ›Nummer 5 im ersten Stock‹, sagte ich, und Mr. Hunter ging gleich die Treppe hinauf. Ich war etwas überrascht, wenn ich ehrlich sein soll, denn dieser Mr. Arden hatte kein Wort davon erwähnt, daß er irgend jemanden in Warmsley Vale kenne, und ich war überzeugt gewesen, er

sei hier in der Gegend völlig fremd. Mr. Hunter machte einen ziemlich nervösen Eindruck, so, als sei ihm eine Laus über die Leber gelaufen, aber ich achtete noch nicht weiter darauf.«
Sie schaltete eine Pause zum Atemholen ein, und Rowley ließ ihr Zeit. Er drängte sie nicht. Das war nicht seine Art.
Würde in ihre Worte legend, fuhr Beatrice fort:
»Kurz darauf mußte ich im Zimmer Nummer 4 die Bettwäsche und die Handtücher wechseln. Zwischen Nummer 4 und Nummer 5 gibt es eine Verbindungstür, aber in Nummer 5 steht ein großer Schrank davor, so daß man die Tür nicht sieht. Im allgemeinen ist diese Tür geschlossen, aber zufällig war sie an jenem Abend ein kleines bißchen offen, wieso und warum und wer sie geöffnet hat, ist mir allerdings schleierhaft.«
Wieder verzichtete Rowley darauf, etwas zu sagen; er nickte nur.
Er zweifelte nicht daran, daß die gute Beatrice hinaufgegangen war und die Tür geöffnet hatte, um zu lauschen.
»Und so konnte ich einfach nicht anders als hören, was nebenan gesprochen wurde. Ich sage Ihnen, Mr. Rowley, ich fiel aus allen Wolken. Sie hätten mich mit einer Feder umwerfen können –«
Dazu wäre schon eine Feder von einigen Kilo Gewicht nötig gewesen, dachte Rowley amüsiert.
Er lauschte mit unbeteiligtem, beinahe ausdruckslosem Gesicht Beatrices Wiederholung des Gesprächs zwischen den beiden Männern. Als sie ihren Bericht beendet hatte, sah sie ihn erwartungsvoll an.
Doch sie mußte mehrere Minuten warten, bevor Rowley sich aufraffte.
»Vielen Dank, Beatrice«, sagte er. »Vielen Dank.«
Und mit diesen Worten ging er zur Tür und verschwand. Beatrice blieb wie versteinert sitzen. Das hatte sie nicht erwartet. Irgendeinen Kommentar zu dem eben Gehörten hätte Mr. Rowley, ihrer Meinung nach, schon abgeben können.

13

Automatisch lenkte Rowley seine Schritte der Farm zu, doch nach einigen hundert Metern hielt er plötzlich inne und schlug eine andere Richtung ein.
Seine Gedanken arbeiteten nur langsam. Erst jetzt kam ihm die volle Bedeutung dessen, was Beatrice ihm da erzählt hatte, zu Bewußtsein. Wenn ihr Bericht auf Wahrheit beruhte, und im wesentlichen war dies sicher der Fall, so ging das die gesamte Familie Cloade an. Die neue Situation durfte nicht verheimlicht werden, und die in dieser Lage geeignetste Person, eine Entscheidung zu treffen, war ohne Zweifel Onkel Jeremy. Jeremy Cloade in seiner Eigenschaft als Rechtsanwalt würde gleich wissen, was sich mit der überraschenden Mitteilung anfangen ließ und welche Schritte zu unternehmen waren.
Obwohl Rowley im ersten Impuls die Dinge lieber selbst in die Hand genommen hätte, hielt er es schließlich doch für gescheiter, einen mit schwierigen Situationen vertrauten Rechtsanwalt über die Lage urteilen zu lassen. Je eher Jeremy von den Vorfällen unterichtet wurde, desto besser, und dieser Erkenntnis entsprechend lenkte Rowley seine Schritte direkt zu seines Onkels Haus. Das Dienstmädchen öffnete ihm die Tür und teilte ihm mit, die Herrschaften säßen noch bei Tisch. Sie wollte Rowley ins Speisezimmer führen, aber er zog es vor, im Arbeitszimmer seines Onkels zu warten. Ihm lag nichts daran, Frances bei der Unterredung dabei zu haben.
Ungeduldig schritt er im Zimmer auf und ab. Nach einem Weilchen ließ er sich in einen Sessel fallen.
»Was Rowley nur plötzlich von dir will?« fragte Frances nachdenklich ihren Mann.
»Wahrscheinlich kennt er sich mit den Formularen nicht aus, die er ausfüllen muß. Die meisten Farmer verstehen nur die Hälfte von dem, was man da von ihnen wissen will«, entgegnete Jeremy Cloade gleichgültig. »Rowley nimmt's vermutlich sehr genau und will sich Rat holen.«

»Er ist ein netter Bursche«, meinte Frances, »aber entsetzlich schwerfällig. Er tut mir leid. Ich habe das Gefühl, als stimme in letzter Zeit nicht mehr alles so ganz zwischen ihm und Lynn.«

»Wieso ... Ach so, ja, Lynn ... du mußt entschuldigen, meine Liebe, es fällt mir entsetzlich schwer, mich auf irgend etwas zu konzentrieren. Ich zermartere mir ständig mein Gehirn ...«

Jeremy fuhr sich mit der Hand über die Stirn.

»Mach dir keine Sorgen«, fiel Frances hastig ein. »Es kommt schon alles in Ordnung. Du wirst sehen, ich habe recht.«

»Du machst mir manchmal angst, Frances. Du bist so unbekümmert. Du bist dir nicht im klaren über die Situation –«

»Ich bin mir absolut im klaren darüber, und ich laufe vor der Erkenntnis nicht davon. Im Gegenteil, im Grunde versetzt es mich in eine Art Spannung, in eine gehobene Stimmung –«

»Das eben macht mir ja angst, meine Liebe«, gab Jeremy zu bedenken.

Frances lächelte ihrem Mann beruhigend zu.

»Laß unseren armen jungen Farmer nicht zu lange warten. Hilf ihm Formular Nummer elfhundertundneunundneunzig ausfüllen oder was er sonst auf dem Herzen hat.«

Doch als sie aus dem Speisezimmer traten, fiel eben die Haustür ins Schloß. Edna kam und richtete aus, daß Mr. Rowley beschlossen habe, wieder zu gehen, da es doch nichts Wichtiges sei, was er mit Mr. Cloade habe besprechen wollen.

14

An jenem bewußten Dienstagnachmittag machte Lynn Marchmont einen längeren Spaziergang. Eine innere Unruhe trieb sie aus dem Haus. Sie hatte das Gefühl, einmal gründlich und in aller Ruhe über verschiedenes nachdenken zu müssen.

Sie hatte Rowley schon seit ein paar Tagen nicht mehr gesehen. Wohl waren sie sich seit jenem Nachmittag, an dem sie ihn mit der Forderung überfallen hatte, ihr fünfhundert Pfund zu leihen, wieder begegnet, aber es herrschte doch eine gewisse Spannung zwischen ihnen. Lynn war mittlerweile selbst zu der Erkenntnis gekommen, daß ihr Anliegen unvernünftig gewesen war und Rowley im Grunde keinen Vorwurf dafür verdiente, daß er es abgeschlagen hatte. Aber Vernunftgründe haben selten Aussicht, von Liebenden berücksichtigt zu werden.
Sie hatte sich in den letzten Tagen verlassen gefühlt und Langeweile empfunden, wagte sich aber nicht einzugestehen, daß dies vielleicht mit David Hunters Abreise zusammenhängen könnte. David war eine anregende Persönlichkeit. Das ließ sich nicht bestreiten.
Die Familie ging ihr in diesen Tagen mehr als sonst auf die Nerven. Ihre Mutter war strahlender Laune und hatte erst heute beim Frühstück angekündigt, daß sie nach einem zweiten Gärtner Umschau halte.
»Der arme alte Tom kann es wirklich nicht mehr allein schaffen.«
»Aber wir können es uns nicht leisten!« hatte Lynn protestiert. Doch war dieser Protest auf unfruchtbaren Boden gefallen.
»Gordon wäre entsetzt, würde er unseren Garten sehen«, war Mrs. Marchmonts Antwort gewesen. »Alles war immer so schön in Ordnung, und schau dir einmal an, wie vernachlässigt der Rasen und die Wege und die Beete sind. Nein, Gordon wäre von ganzem Herzen einverstanden damit, daß wir den Garten in Ordnung bringen.«
»Auch, wenn wir uns zu diesem Zweck Geld von seiner Witwe borgen müssen?«
»Ich habe dir doch gesagt, daß Rosaleen sehr nett gewesen ist. Sie war sehr verständnisvoll. Ich denke, sie hat unseren Standpunkt absolut begriffen. Übrigens habe ich noch einen ganz hübschen Überschuß auf der Bank, obwohl ich alle Rechnungen bezahlt habe. Ich sage dir, Lynn, ein zweiter

Gärtner wäre keine Verschwendung, sondern eher Sparsamkeit. Stell dir vor, wieviel Gemüse wir anpflanzen könnten.«
»Du kriegst auf dem Markt mehr Gemüse, als du auf den Tisch bringen kannst, für bedeutend weniger als drei Pfund in der Woche.«
»Ich bin sicher, wir könnten jemand zu einem niedrigeren Gehalt finden. Es werden jetzt so viele Männer demobilisiert, die alle Arbeit suchen.«
»In Warmsley Heath oder Warmsley Vale wirst du kaum solche Arbeitskräfte finden«, wandte Lynn trocken ein.
Obwohl Mrs. Marchmont es für diesmal dabei bewenden ließ, bedrückte Lynn der Gedanke, daß ihre Mutter sich anscheinend darauf eingestellt hatte, Rosaleen als Spenderin regelmäßiger Unterstützungen zu betrachten. Bei solchen Überlegungen wurden Davids spöttische Worte qualvoll lebendig.
Um sich von der schlechten Laune zu befreien, in die das morgendliche Gespräch mit der Mutter sie versetzt hatte, war Lynn zu einem Spaziergang aufgebrochen.
Daß sie ihre Tante Kathie vor der Post traf, trug nicht gerade zur Hebung ihrer gesunkenen Lebensgeister bei. Tante Kathie hingegen befand sich in ihrem Element.
»Ich glaube, meine Liebe, wir werden bald interessante Neuigkeiten hören«, verhieß sie.
»Was willst du damit andeuten?« erkundigte sich Lynn.
Tante Kathie lächelte, schüttelte vielsagend den Kopf und machte ein überlegenes Gesicht.
»Ich habe erstaunliche Verbindungen bei unserer letzten Séance gehabt. Wahrhaft erstaunlich. Verbindung mit der Welt der Geister. Alle unsere Sorgen finden ein Ende, Lynn. Einen Dämpfer habe ich erhalten, aber das war am Anfang, und dann hieß es immer wieder: ›Gib's nicht auf! Gib's nicht auf!‹ Ich will nicht aus der Schule plaudern, Lynn, und ich bin sicher die letzte, die falsche Hoffnungen wecken möchte, aber glaube mir, die Stimmen aus der Geisterwelt trügen nicht, und bald, sehr bald, hat unser aller Elend ein Ende. Höchste Zeit wäre es, weiß Gott. Dein Onkel macht mir große Sor-

gen. Er hat während der vergangenen Jahre viel zu schwer gearbeitet. Es ist zu viel für ihn; er müßte sich zurückziehen und ganz seinen Studien widmen können. Aber ohne ein festes Einkommen kann er sich das natürlich nicht leisten. Manchmal versagten ihm in den letzten Wochen die Nerven. Wirklich, ich mache mir große Sorgen seinetwegen. Er ist zuzeiten so merkwürdig.«
Lynn nickte nachdenklich. Die mit ihrem Onkel vorgegangene Veränderung war auch ihr aufgefallen. Sie hatte ihn im Verdacht, manchmal zu einer aufputschenden Droge Zuflucht zu nehmen, und fragte sich insgeheim, ob er wohl bis zu einem gewissen Grad süchtig geworden war. Das würde auch den überreizten Zustand seiner Nerven erklärt haben. Ob Tante Kathie etwas vermutete oder gar wußte? Sie war keineswegs so nichtsahnend, wie sie sich manchmal gab.
Auf dem Weg über die Hauptstraße sah Lynn von weitem ihren Onkel Jeremy sein Haus betreten. Sie beschleunigte ihren Schritt. Das Verlangen, Warmsley Vale so schnell wie möglich hinter sich zu lassen und die Wiesen und Hügel außerhalb zu gewinnen, trieb sie voran. Sie hatte sich vorgenommen, während eines ausgiebigen Marsches querfeldein mit sich ins reine zu kommen. Bisher hatte sie sich stets geschmeichelt, einen klaren Kopf zu haben und immer zu wissen, was sie wollte. Daß sie überhaupt imstande war, sich so treiben zu lassen, wie es in den letzten Tagen der Fall war, bedeutete etwas noch nie Dagewesenes bei ihr.
Ja, sie hatte sich treiben lassen, seitdem sie aus dem Dienst entlassen worden war. Heimweh und Sehnsucht überkam sie nach jenen Tagen, da alle Pflichten klar vorgezeichnet waren und man ihr die Entscheidung über so viele Dinge abgenommen hatte. Doch im Augenblick, da sie sich dies klarmachte, erschrak sie vor der tieferen Bedeutung dieser Erkenntnis. Ging es heutzutage nicht den meisten Menschen wie ihr? Und war der Krieg daran schuld? Es waren nicht die körperlichen Gefahren wie Minen im Meer oder Bombardements oder Schüsse aus dem Hinterhalt, die am nachhaltigsten wirkten, nein, viel schlimmer war es, daß man lernte,

wieviel einfacher das Leben sein konnte, wenn man aufhörte, über die Dinge nachzudenken. Sie selbst war nicht mehr das intelligente Mädchen mit dem klaren Kopf und der Fähigkeit zu schnellen Entschlüssen, das sie gewesen war, als sie sich zum Dienst meldete. Man hatte sie eingereiht, ihre Fähigkeiten genützt, und nun stand sie da, wieder ganz auf sich selbst angewiesen, und fühlte sich auf einmal absolut nicht mehr imstande, mit ihren persönlichen Schwierigkeiten fertig zu werden.
Und diejenigen, die daheim geblieben waren ... Zum Beispiel Rowley ...
Der Name Rowley verscheuchte die allgemeinen Erwägungen aus Lynns Kopf und schob das Persönliche in den Vordergrund. Sie und Rowley. Das war der Kernpunkt des Problems. Das Problem überhaupt, um das es ging.
Lynn setzte sich auf halber Höhe des Hügels ins weiche Gras. Das Kinn auf die Hand gestützt, blickte sie über das in der Abenddämmerung versinkende Tal. Jeder Zeitbegriff war ihr abhanden gekommen, nur ihr inneres Widerstreben, sich auf den Heimweg zu machen, war ihr bewußt. Unter ihr, zur Linken, lag Long Willows. Rowleys Farm, die ihr Heim sein würde, wenn sie ihn heiratete.
Wenn! Da war es wieder, dieses »Wenn«!
Mit einem ängstlichen Schrei flog ein Vogel aus den Bäumen auf. Es klang wie der Schrei eines erschrockenen Kindes. Von einem in der Ferne vorbeiratternden Zug stiegen Rauchfahnen gen Himmel, und es schien Lynn, als formten sich die grauen Wolken zu wandernden Fragezeichen.
Soll ich Rowley heiraten? Will ich ihn noch heiraten? Habe ich ihn jemals wirklich heiraten wollen? Und könnte ich es ertragen, ihn nicht zu heiraten?
Der Zug dampfte das Tal entlang und verschwand um eine Biegung. Der Rauch löste sich zitternd auf, doch für Lynn blieb das Fragezeichen bestehen.
Sie hatte Rowley ehrlich geliebt, bevor sie wegging. Aber ich habe mich verändert, grübelte sie. Ich bin nicht mehr die gleiche Lynn.

Und Rowley? Rowley hatte sich nicht verändert.
Ja, das war es eben. Rowley hatte sich nicht verändert. Rowley war noch genauso, wie sie ihn vor vier Jahren verlassen hatte. Wollte sie Rowley heiraten? Und wenn sie es nicht wollte – was wollte sie dann eigentlich?
Zweige krachten im Gehölz hinter ihr, und eine fluchende Männerstimme war zu hören, während sich jemand durch das Dickicht Bahn brach.
»David!« entfuhr es Lynn.
»Lynn!«
Er schaute überrascht auf, als er sie vor sich sah. »Was um Himmels willen machen Sie denn hier?«
Er mußte in ziemlich scharfem Tempo gelaufen sein, denn sein Atem ging kurz.
»Nichts Besonderes. Dasitzen und nachdenken. Nichts weiter«, gab sie Auskunft. Sie lächelte unsicher. »Ich glaube, es ist spät. Höchste Zeit für mich, heimzugehen.«
»Wissen Sie nicht, wieviel Uhr es ist?« erkundigte sich David.
Sie schaute auf ihre Armbanduhr.
»Sie ist schon wieder stehengeblieben. Eine Spezialität von mir, alle meine Uhren aus der Bahn zu bringen.«
»Nicht nur Uhren!« bemerkte David. »Sie sind erfüllt von Leben, von Elektrizität. Ihre Vitalität ist's. Sie sind so lebendig.«
Er näherte sich ihr, und in vager Abwehr erhob sich Lynn.
»Es wird schon dunkel. Wirklich Zeit für mich, heimzugehen. Wie spät ist es, David?«
»Viertel nach neun Uhr. Ich muß auch machen, daß ich weiterkomme. Ich muß den 9-Uhr-20-Zug nach London noch erreichen.«
»Ich hatte keine Ahnung, daß Sie überhaupt zurückgekommen waren.«
»Ich mußte in Furrowbank einiges holen. Aber ich darf den Zug nicht versäumen. Rosaleen ist allein in der Wohnung, und wenn sie allein eine Nacht in London verbringen muß, bekommt sie Angstzustände.«
»Aber um sie herum wohnen doch Leute«, entgegnete Lynn spöttisch.

»Gegen Angst kann man nicht mit Logik ankämpfen«, erwiderte David. »Wenn Sie einen solchen Schock erlitten hätten wie Rosaleen damals bei dem Bombenangriff –«
»Entschuldigen Sie. Das hatte ich ganz vergessen.«
Sie war ehrlich betrübt.
»Natürlich, es ist alles so schnell vergessen«, versetzte David mit plötzlich aufwallender Bitterkeit. »Wir sind wieder wie früher, verkriechen uns in unsere Mauselöcher, fühlen uns sicher und unantastbar und machen uns wichtig. Und Sie sind genauso wie die anderen, Lynn!«
»Das ist nicht wahr, David«, fuhr Lynn auf. »Das ist nicht wahr! Gerade als Sie kamen, habe ich darüber nachgedacht –«
»Worüber? Über mich?«
Seine rasche Art verwirrte sie. Bevor sie recht wußte, wie ihr geschah, hatte er sie an sich gezogen und küßte sie leidenschaftlich.
»Rowley Cloade? Dieser gutmütige Ochse? Nein, Lynn, du gehörst mir!«
Und genauso plötzlich, wie er sie an sich gerissen hatte, ließ er sie los, schob sie fast ein wenig von sich weg und sagte:
»Ich werde noch den Zug verpassen.«
Und ohne ein weiteres Wort rannte er hügelabwärts.
»David!«
Im Laufen wandte er den Kopf und rief ihr zu:
»Ich rufe dich von London aus an!«
Sie sah ihm nach, wie er durch die rasch zunehmende Dämmerung lief, leichten Schritts und doch mit kraftvoller Eleganz.
Und dann, völlig verwirrt, mit klopfendem Herzen und ratloser als zuvor, machte sie kehrt und ging langsam heim.
Vor dem Haus zögerte sie einen Moment. Der Gedanke an den Redefluß der Mutter, das wortreiche Willkommen und die unaufhörlichen Fragen, war ihr zuwider.
Und da fiel ihr das Geld wieder ein. Von Leuten, die sie verachtete, hatte sich Adela Marchmont fünfhundert Pfund geliehen.

Wir haben nicht das geringste Recht, Rosaleen und David zu verachten, dachte Lynn, während sie die Treppe hinaufstieg. Wir sind um kein Jota besser. Wir sind zu allem imstande – wenn's um Geld geht.
Vor dem Spiegel in ihrem Zimmer blieb sie stehen. Ein fremdes Gesicht schien ihr entgegenzusehen.
Unvermittelt stieg Ärger in ihr hoch.
Wenn Rowley mich wirklich liebte, hätte er die fünfhundert Pfund irgendwie aufgetrieben. Er hätte mir diese entsetzliche Demütigung erspart, es von David annehmen zu müssen. Von David! David ...
David hatte gesagt, er würde sie von London aus anrufen.
Wie im Traum ging sie die Treppe wieder hinunter ...
Träume, ging es ihr durch den Kopf, können sehr gefährlich sein ...

15

»Da bist du ja, Lynn, ich habe dich gar nicht hereinkommen hören.« Adelas Stimme klang erleichtert. Sie plätscherte beruhigt fort: »Bist du schon lange da?«
»Ewigkeiten«, erwiderte Lynn ausweichend. »Ich war oben.«
»Ach, mir wäre es lieber, du würdest mir sagen, wenn du heimkommst. Ich bin immer unruhig, wenn ich dich nach Einbruch der Dunkelheit draußen herumstreifen weiß.«
»Das ist doch weiß Gott übertrieben, Mama. Meinst du nicht, ich bin imstande, auf mich selbst achtzugeben?«
»Man liest aber immer so furchtbare Sachen in der Zeitung. Was in letzter Zeit alles passiert! Und die vielen entlassenen Soldaten ... sie belästigen Frauen und Mädchen.«
»Wahrscheinlich wollen die Frauen und Mädchen belästigt werden.«
Lynn mußte wider Willen lächeln, aber es war kein frohes Lächeln.

Sehnten die Frauen sich insgeheim nicht nach Gefahren? Wer wollte letzten Endes denn schon sicher sein ...?
»Lynn! Du hörst mir überhaupt nicht zu.«
Lynn riß sich zusammen. Sie hatte wirklich nicht zugehört.
»Ja, Mama? Was hast du gesagt?«
»Ich sagte gerade, hoffentlich haben deine Brautjungfern genügend Kupons, um sich Kleider für die Hochzeit machen lassen zu können. Ein Glück, daß du bei der Entlassung deine Kupons nachträglich ausgeliefert bekommen hast. Die armen Mädchen, die heiraten müssen mit den paar Textilkupons, die einem gewöhnlicherweise zustehen, tun mir schrecklich leid. Sie können sich überhaupt nichts Neues anschaffen. Ich meine, keine neuen Kleider. Die Unterwäsche ist meist in einem solchen Zustand nach diesen Kriegsjahren, wo nichts ersetzt werden konnte, daß man zuerst einmal daran denken muß, nun, und da bleibt für ein Hochzeitskleid nichts mehr übrig. Du hast großes Glück, Lynn.«
»Ja – großes Glück.«
Sie bewegte sich durch das Zimmer, nahm hier etwas auf, legte es ein paar Schritte weiter wieder ab und stand keine Minute still.
»Du bist so entsetzlich rastlos, meine Liebe«, klagte Adela. »Ist etwas los?«
»Was soll denn los sein?«
Lynns Ton war scharf.
»Spring mir nicht gleich an die Kehle. Aber, um auf die Brautjungfern zurückzukommen: Ich finde, du solltest unbedingt Joan Macrae bitten. Ihre Mutter war meine beste Freundin, und sie wäre gekränkt, wenn –«
»Aber ich hasse Joan Macrae! Ich hab sie nie ausstehen können.«
»Ich weiß, Liebste, aber das ist doch nicht so wichtig. Marjorie wäre außer sich –«
»Schließlich ist es doch meine Hochzeit, Mama.«
»Natürlich, Lynn, natürlich, aber ich dachte –«
»Wenn es überhaupt zu einer Hochzeit kommt.«
Die Worte waren ihr entschlüpft, bevor sie sich überlegte,

was sie da sagte. Nun war es zu spät. Sie ließen sich nicht mehr zurücknehmen. Adela Marchmont starrte ihre Tochter fassungslos an.
»Was soll das heißen, Lynn?«
»Ach, nichts, Mama.«
»Du hast dich doch nicht etwa mit Rowley gestritten?«
»Aber nein, Mama, reg dich nicht auf und sieh keine Gespenster. Es ist nichts.«
Doch Adela ließ sich nicht so leicht abspeisen. Sie spürte den Sturm der widerstreitenden Gefühle, dem ihre Tochter ausgesetzt war.
»An der Seite Rowleys wärst du geborgen und sicher«, bemerkte sie zögernd. »Der Überzeugung war ich immer.«
»Wer will schon sicher sein?« fragte Lynn abweisend. Sie blieb plötzlich stehen und horchte.
»War das das Telefon?«
»Nein. Erwartest du einen Anruf?«
Lynn schüttelte verneinend den Kopf. Wie demütigend es war, auf einen Anruf zu warten! Er hatte gesagt, er würde sie noch heute abend anrufen. Er mußte sein Versprechen halten. Du bist verrückt, schalt sie sich gleich darauf.
Was war es nur, das ihr so gut gefiel an David Hunter? Sein dunkles, unfrohes Gesicht erschien vor ihren Augen. Sie versuchte es zu verscheuchen und sich an seiner Stelle den stets freundlichen, gutmütigen Rowley vorzustellen. Wieder fragte sie sich, ob Rowley sie wirklich liebte. Wie hatte er ihr dann die Bitte abschlagen können, ihr fünfhundert Pfund zu beschaffen? Er hätte sie verstehen müssen, anstatt mit Vernunftsgründen und sachlichen Einwänden zu argumentieren. Wie würde das sein, wenn sie Rowley heiratete, mit ihm auf der Farm lebte, für immer und ewig an die gleiche Scholle gebunden; nie mehr fremde Länder sehen, nie mehr fremden Menschen begegnen, nie mehr eine fremde Atmosphäre erleben, nie mehr Freiheit in vollen Zügen genießen . . .
Das Telefon schrillte.
Lynn holte tief Atem, dann ging sie quer durch die Halle und nahm den Hörer ab.

Wie ein unerwarteter heftiger Schlag traf der Klang von Tante Kathies Stimme ihr Ohr.
»Bist du's, Lynn? Ach, bin ich froh, daß du da bist. Ich weiß gar nicht, was ich machen soll. Ich glaube, ich habe wegen der Versammlung im Institut ein unverzeihliches Durcheinander angerichtet. Nämlich –« Und die Stimme plätscherte ohne Pause fort.
Lynn hörte zu, warf die von ihr erwarteten Bemerkungen ein, redete zu, nahm höflich überschwenglichen Dank entgegen.
»Ich begreife gar nicht, was das ist«, fuhr Tante Kathie fort, »jedesmal, wenn ich etwas organisiere, kommt ein Durcheinander heraus.«
Lynn begriff es ebensowenig, aber eines stand fest: Zum Durcheinanderbringen selbst der einfachsten Dinge besaß Tante Kathie eine geradezu geniale Begabung.
»Und mein Pech ist, daß immer alles Unangenehme zusammentrifft. Unser Telefon ist kaputt, und ich mußte zu einer Telefonzelle gehen. Und wie ich meine Tasche aufmache, sehe ich, daß ich keine Münzen habe. Ich mußte erst jemanden fragen, ob er mir vielleicht wechseln könnte ...«
Es folgte eine lange Geschichte all der Nöte, die Tante Kathie hatte durchstehen müssen. Endlich konnte Lynn den Hörer wieder auflegen. Langsam kehrte sie ins Wohnzimmer zurück.
»War das –?« begann Mrs. Marchmont forschend, brach jedoch dann ab.
»Tante Kathie«, gab Lynn müde Auskunft.
»Was wollte sie denn?«
»Ach, ihr Leid klagen wie üblich. Sie hat wieder irgend etwas durcheinandergebracht und weiß sich keinen Rat.«
Lynn nahm ein Buch zur Hand und setzte sich. Verstohlen blickte sie auf die Uhr. Es würde kein Anruf mehr kommen.
Doch fünf Minuten nach elf Uhr läutete das Telefon. Ohne jede Eile begab sie sich in die Halle. Vermutlich war es wieder Tante Kathie.
»Ist dort Warmsley Vale 34? Voranmeldung für Miss Lynn Marchmont aus London.«

Ihr Herz klopfte erregt.
»Am Apparat.«
»Einen Augenblick bitte.«
Sie wartete. Verwischte Geräusche drangen an ihr Ohr, dann herrschte Ruhe. Der Telefondienst wurde immer unzuverlässiger. Sie wartete geraume Zeit. Schließlich sagte eine unpersönliche, uninteressierte Frauenstimme: »Legen Sie bitte auf. Wir melden uns, sobald Ihr Gespräch kommt.«
Sie legte den Hörer auf und ging zurück zur Tür. Sie hatte die Hand noch auf der Klinke, als das Telefon abermals schrillte. Schnell lief sie zurück.
»Hallo?«
Eine Männerstimme erklang: »Warmsley Vale, Nummer 34? Miss Lynn Marchmont wird aus London verlangt.«
»Ja, am Apparat.«
»Einen Augenblick bitte.« Und gleich darauf, leiser: »Sie können sprechen.«
Und dann kam Davids Stimme.
»Bist du's, Lynn?«
»David!«
»Ich mußte dich sprechen.«
»Ja . . .«
»Lynn, ich glaube, es ist besser, ich mache mich aus dem Staub . . .«
»Was meinst du damit?«
»Ich verlasse England. Es hat ja doch alles keinen Sinn, Lynn. Du und ich – wir passen nicht zueinander. Du bist ein lieber Kerl, Lynn, du verdienst etwas Besseres als mich. Ich kann's nicht ändern, ich war immer so – Verantwortungsgefühl liegt mir nicht. Und ich fürchte, so werde ich mein Leben lang bleiben. Ich würde mir steif und fest vornehmen, mich zu bessern, solide und ehrenhaft zu werden – und das Ende vom Lied wäre, daß du unglücklich bist und ich der gleiche unstete Geselle geblieben bin, der ich war. Nein, Lynn, heirate Rowley. Bei ihm wirst du nie eine Stunde der Angst oder Unruhe kennenlernen, während dein Leben an meiner Seite die Hölle wäre.«

Lynn stand da, den Hörer am Ohr. Sie gab keinen Ton von sich.
»Lynn! Bist du noch da?«
»Ja, ich bin da.«
»Du sagst ja gar nichts.«
»Was ist da zu sagen?«
»Lynn . . .?«
»Ja.«
Sonderbar, wie sie trotz der zwischen ihnen liegenden Entfernung seine Erregung verspürte, die Spannung, in der er sich befand.
David sagte mit unterdrückter Stimme: »Ach, hol doch alles der Teufel!« und warf den Hörer auf die Gabel.
In diesem Augenblick kam Mrs. Marchmont aus dem Wohnzimmer und fragte: »War das –?«
»Eine falsche Nummer«, wehrte Lynn alle weiteren Fragen ab und lief rasch hinauf in ihr Zimmer.

16

Im »Hirschen« war es üblich, die Gäste zu der von ihnen gewünschten Stunde zu wecken, indem man mit der Faust an die betreffende Tür hämmerte und mit erhobener Stimme mitteilte, daß es halb acht Uhr, oder acht Uhr oder wie spät es eben gerade war, sei. Wünschten die Gäste des Morgens vor dem Aufstehen eine Tasse Tee, so wurde ein Tablett mit viel Geklirr und Gepolter auf die Matte vor der Tür gestellt.
An jenem bestimmten Mittwoch hämmerte Gladys, das Stubenmädchen, an die Tür von Nummer 5, trompetete, daß es acht Uhr fünfzehn sei, und knallte das Tablett mit dem Tee mit solcher Wucht auf die Matte, daß die Milch überschwappte und um das Milchkännchen einen kleinen See bildete. Gladys ließ sich davon nicht aus der Ruhe bringen, weckte weitere Gäste und ging dann ihren sonstigen Morgenarbeiten nach.

Gegen zehn Uhr fiel ihr auf, daß Nummer 5 das Teetablett noch nicht hereingeholt hatte. Sie klopfte mehrmals kräftig an die Tür, wartete ein paar Sekunden und trat, als keine Antwort zu hören war, kurzerhand ein.
Nummer 5 gehörte nicht zu der Sorte Leute, die sich verschliefen, und ihr war gerade eingefallen, daß sich vor dem Fenster dieses Zimmers ein bequemes Flachdach befand. Wer weiß, vielleicht hatte sich der Gast mit einem eleganten Sprung aus dem Staub gemacht, ohne seine Rechnung zu bezahlen.
Doch der Mann, der sich Enoch Arden nannte, hatte keinen Sprung über das Flachdach gemacht. Er lag mit dem Gesicht nach unten auf dem Boden in der Mitte des Zimmers, und selbst ohne die geringsten medizinischen Kenntnisse zu besitzen sah Gladys, daß der Mann tot war.
Sie stieß einen schrillen Schrei aus, rannte auf den Korridor hinaus und rief aus Leibeskräften:
»Miss Lippincott ... Miss Lippincott ... oooh ...«
Beatrice Lippincott saß in ihrem Privatzimmer und hielt Dr. Lionel Cloade ihre verletzte Hand hin – sie hatte sich geschnitten –, die der Arzt eben verband.
Gladys riß die Tür auf.
»O Miss Lippincott ...«
»Was ist denn passiert?« fuhr der Arzt sie an.
»Was gibt's denn, Gladys?« erkundigte sich Beatrice.
»Der Herr von Nummer 5, Miss ... Er liegt in der Mitte vom Zimmer ... tot!«
Dr. Cloade starrte erst Gladys an und dann Miss Lippincott. Miss Lippincott starrte ihrerseits zuerst Gladys an und dann Dr. Cloade.
Schließlich stieß Dr. Cloade brummig aus: »Unsinn!«
»Tot wie eine Maus, die im Wasser schwimmt«, beharrte Gladys, und mit einer gewissen Genugtuung über den ihr noch verbliebenen Trumpf fügte sie hinzu:
»Er is' übern Kopf geschlagen worden.«
Der Arzt meinte: »Vielleicht wäre es besser, wenn ich ...«
»Ja, bitte, Dr. Cloade, obwohl ich mir nicht vorstellen kann,

wie das möglich sein sollte«, entgegnete Beatrice fassungslos.
Zu dritt machten sie sich auf den Weg, voran Gladys. Dr. Cloade betrat das Zimmer, warf einen Blick auf den am Boden liegenden Mann und kniete dann neben der gekrümmten Gestalt nieder.
Als er sich wieder erhob, schien er wie verwandelt.
»Benachrichtigen Sie die Polizei«, befahl er mit fester Stimme.
Beatrice Lippincott verließ stumm das Zimmer. Gladys folgte ihr auf dem Fuß.
»Glauben Sie, daß er ermordet worden ist, Miss?« flüsterte sie mit beinahe erloschener Stimme.
»Halten Sie den Mund, Gladys«, wies Beatrice sie zurecht und nestelte erregt an ihrem Haarknoten herum. »Etwas als Mord zu bezeichnen, bevor man sicher ist, daß es sich wirklich um Mord handelt, ist Verleumdung, und man kann Sie für solch dummes Gerede vor Gericht bringen.« Etwas milder setzte sie hinzu: »Gehen Sie in die Küche, und stärken Sie sich mit einer Tasse Tee.«
»O ja, Miss, ich kann's gebrauchen. Mir ist ganz übel von dem Anblick. Ich bring Ihnen auch eine Tasse.«
Ein Angebot, das Beatrice Lippincott nicht ablehnte.

17

Inspektor Spence warf Beatrice Lippincott, die mit fest zusammengepreßten Lippen am anderen Ende des Tisches saß, einen prüfenden Blick zu.
»Vielen Dank, Miss Lippincott. Ich werde das Protokoll abschreiben lassen. Dann sind Sie bitte so freundlich, es zu unterzeichnen.«
»Ach, du meine Güte, ich werde doch nicht etwa vor Gericht aussagen müssen?« fragte Beatrice entsetzt.
»Hoffen wir, daß es nicht dazu kommt«, war des Inspektors wenig beruhigende Antwort.

»Es könnte doch Selbstmord sein«, mutmaßte Beatrice.
Inspektor Spence verzichtete auf den Hinweis, daß Selbstmörder andere Methoden zu wählen pflegten, als sich den Hinterkopf mit einer eisernen Feuerzange einzuschlagen. Statt dessen erwiderte er im gleichen unverbindlich freundlichen Ton:
»Es hat keinen Sinn, Mutmaßungen anzustelllen. Jedenfalls danke ich Ihnen, Miss Lippincott, daß Sie uns so prompt Ihre Beobachtungen mitgeteilt haben.«
Sobald Beatrice den Raum verlassen hatte, überschlug Spence in Gedanken noch mal ihre Angaben. Er kannte Miss Lippincott gut genug, um zu wissen, wie weit er ihrem Bericht Glauben schenken konnte. Ein gut Teil von dem, was sie gesagt hatte, mußte man ihrer Erregung zuschreiben, als sie die Unterhaltung im Nebenzimmer mit angehört hatte. Ein weiterer Teil ging auf Konto der Tatsache, daß sich in Zimmer Nummer 5 ein Mord abgespielt hatte. Was übrig blieb, war häßlich und bedeutungsvoll genug.
Inspektor Spence betrachtete die vor ihm auf dem Tisch ausgebreiteten Gegenstände. Eine Armbanduhr mit zerbrochenem Glas, ein goldenes Feuerzeug mit Initialen darauf, ein Lippenstift in goldfarbener Hülle und eine schwere Feuerzange, deren eiserner Knauf rostbraune Flecke aufwies.
Sergeant Graves meldete, daß Mr. Rowley Cloade draußen sei. Auf ein Nicken des Inspektors hin führte er Rowley herein.
Ebenso wie Inspektor Spence mehr oder weniger alles über Beatrice Lippincott wußte, war ihm auch Rowley Cloade sehr gut bekannt.
Wenn Rowley sich aufraffte, um der Polizei eine Mitteilung zu machen, so konnte man hundertprozentig sicher sein, daß es sich um etwas Ernstzunehmendes handelte. Abgesehen davon jedoch würde es geraume Zeit in Anspruch nehmen, denn Leute vom Schlage Rowley Cloades zu drängen, hatte keinen Sinn. Sie brauchten ihre Zeit, und man fuhr am besten mit ihnen, ließ man sie auf ihre eigene Art erzählen.
»Guten Morgen, Mr. Cloade. Es freut mich, Sie zu sehen.

Haben Sie uns irgend etwas mitzuteilen, was Licht auf diesen Mord im ›Hirschen‹ werfen könnte.«
Zu des Inspektors Überraschung antwortete Rowley mit einer Gegenfrage.
»Haben Sie den Mann identifiziert?« erkundigte er sich.
»Nein«, entgegnete Spence nachdenklich. »Er hat sich als Enoch Arden eingetragen, doch wir haben keinen Beweis gefunden, daß er Enoch Arden ist.«
Rowley runzelte die Stirn.
»Ist das nicht sonderbar?«
Es war sonderbar, in der Tat, doch der Inspektor hatte nicht die Absicht, seine Gedanken darüber, wie außerordentlich sonderbar dies sozusagen war, mit Rowley Cloade zu erörtern. Ruhig meinte er statt dessen:
»Nun lassen Sie mich mal die Fragen stellen, Mr. Cloade. Sie haben den Toten gestern aufgesucht. Warum?«
»Sie kennen doch Beatrice Lippincott vom ›Hirschen‹, Inspektor?«
»Natürlich kenne ich sie.« Und in der Hoffnung, auf diese Weise schneller zur Sache zu kommen, fügte er hinzu: »Ich habe schon mit ihr gesprochen. Ich kenne ihre Geschichte.«
Rowley sah erleichtert aus.
»Gott sei Dank. Ich hatte Angst, sie würde vielleicht nicht hineingezogen werden wollen und darum lieber den Mund halten. Na, jedenfalls hat Beatrice mir auch mitgeteilt, was sie zufällig mit angehört hat, und auf mich machte das Ganze einen sehr bedenklichen Eindruck. Es ist nun einmal so, Inspektor, daß wir das sind, was man ›interessierte Partei‹ nennt.«
Wieder nickte der Inspektor zustimmend. Wie alle übrigen Bewohner der Gegend hatte er lebhaftes Interesse an den Ereignissen in der Familie Cloade genommen, und seiner Meinung nach war der Familie durch Gordons Tod so kurz nach seiner Heirat ein schlimmer Streich gespielt worden. Er teilte die allgemeine Auffassung, daß die junge Mrs. Gordon Cloade »keine Dame« war und ihr Bruder zu der Sorte skrupelloser Draufgänger gehörte, die im Krieg unvergleichli-

che Dienste leisteten, in Friedenszeiten aber mit größter Vorsicht zu betrachten waren.

»Ich brauche Ihnen doch sicher kaum zu erklären, was es für uns alle bedeuten würde, stellte sich heraus, daß Mrs. Gordon Cloades erster Mann noch lebt«, sagte Rowley. »Beatrices Erzählung von dem, was zwischen dem Fremden und David Hunter besprochen worden war, brachte die erste Andeutung einer solchen Möglichkeit. Ich wäre nie auf den Gedanken gekommen; ich war überzeugt, sie sei Witwe gewesen. Ich muß sagen, die Neuigkeit setzte mir zu, wenn es auch ein Weilchen dauerte, bis ich mir klarmachte, *wie* wichtig sie für uns sein könnte. Ich wollte dann zunächst meinen Onkel Jeremy Cloade zu Rate ziehen. Ich ging auch hin, aber sie saßen noch bei Tisch – beim Abendessen –, und ich mußte warten. Und so während des Wartens überdachte ich das Ganze noch mal, und da überlegte ich, es sei doch besser, erst noch ein wenig mehr herauszubekommen, bevor ich meinen Onkel einweihte. Sie wissen doch, wie Rechtsanwälte sind. Sie wollen einen Haufen Angaben und eine Menge Beweise, und dann überlegen sie sich's noch zehnmal, bevor sie sich entschließen, etwas zu unternehmen. Ich dachte mir, am gescheitesten wäre es, ich ginge selbst mal in den ›Hirschen‹ und nähme mir den Fremden genauer unter die Lupe.«

»Und haben Sie diesen Plan ausgeführt?«

»Ja, ich ging geradewegs zum ›Hirschen‹ –«

»Wie spät war es da?«

»Lassen Sie mich mal nachdenken ... Zu meinem Onkel muß ich so ungefähr zwanzig Minuten nach acht Uhr gegangen sein. Dann hab ich dort ein Weilchen gewartet ... Ich würde sagen, es war kurz nach halb neun, so etwa zwanzig Minuten vor neun. Ich wußte, wo der Bursche zu finden war. Bee hatte mir die Zimmernummer genannt. Also ging ich gleich die Treppe hinauf und klopfte an die Tür.«

Rowley schaltete eine Pause ein.

»Ich glaube, ich habe die Sache nicht sehr geschickt angepackt. Als auf mein Klopfen jemand ›herein‹ sagte, trat ich ins Zimmer. Ich hatte gemeint, ich würde der Überlegene bei der Unterhaltung sein, aber dem Burschen war ich nicht gewachsen. Er war ein schlauer Fuchs. Ich machte so eine Andeutung, mir wäre was von Erpressung zu Ohren gekommen. Ich dachte, er würde es daraufhin mit der Angst zu tun kriegen, aber es schien ihn nur zu amüsieren. Er fragte mich ohne alle Umschweife, ob ich etwa auch als ›Käufer‹ in Frage käme. ›Bei mir können Sie mit Ihren schmutzige Geschäften nichts ausrichten‹, fuhr ich ihn an, worauf er mir in ziemlich frechem Ton antwortete: ›Ich hab was zu verkaufen, und mich interessiert, ob Sie oder die Familie Cloade was anzulegen gewillt sind für den positiven Beweis, daß Robert Underhay, der angeblich in Afrika begraben liegt, lebt.‹ Ich fragte, wieso wir überhaupt etwas dafür zahlen sollten. Darauf lachte der Kerl mir ins Gesicht und sagte: ›Weil ich heute abend einen Besucher erwarte, der mir von Herzen gern eine runde Summe hinlegt für den Beweis, daß Robert Underhay tot ist.‹ Und da ging mein Temperament mit mir durch, und ich erklärte ihm, daß meine Familie sich auf schmutzige Dinge prinzipiell nicht einlasse. Wenn Underhay wirklich noch am Leben sei, so ließe sich das ohne große Schwierigkeiten sicher feststellen. Ich machte kehrt und war eben im Begriff, das Zimmer zu verlassen, als er mir mit einem schmierigen Unterton nachrief: ›Ohne meine Mithilfe werden Sie kaum jemals einen Beweis liefern können.‹ In einem komischen Ton sagte er das.«

»Und dann?«

»Dann ... offen gestanden: Ich ging heim. Ich merkte, daß ich mich nicht gerade mit Ruhm bekleckert hatte, und machte mir schon Vorwürfe, es nicht Onkel Jeremy überlassen zu haben, mit dem Kerl zu reden. So ein Rechtsanwalt ist's eher gewohnt, mit solchen Typen zu verhandeln.«

»Um wieviel Uhr verließen Sie den ›Hirschen‹?«

»Keine Ahnung. Oder doch ... warten Sie, es muß gerade neun Uhr gewesen sein, denn wie ich draußen am Fenster vorbeiging, hörte ich gerade das Zeichen zum Nachrichtenbeginn im Radio.«

»Machte Arden eine Andeutung über den ›Klienten‹, den er erwartete?«
»Ich nahm stillschweigend an, es könnte nur David Hunter sein. Wer sollte sonst in Frage kommen?«
»Er machte nicht den Eindruck, als beunruhige ihn dieser bevorstehende Besuch?«
»Im Gegenteil. Er machte einen absolut selbstsicheren Eindruck und tat, als halte er alle Trümpfe in der Hand.«
Spence deutete mit einer leichten Bewegung auf die Feuerzange auf dem Tisch.
»Haben Sie diese Feuerzange beim Kamin hängen oder liegen gesehen, Mr. Cloade?«
»Nicht, daß ich mich erinnere. Es war kein Feuer im Kamin.«
Rowley versuchte, sich das Hotelzimmer ins Gedächtnis zu rufen, wie er es an jenem Abend wahrgenommen hatte. »Ich erinnere mich vage, etwas Eisernes liegen gesehen zu haben, aber ob es diese Feuerzange war oder nicht, das könnte ich nicht sagen. Ist er mit diesem Ding –?«
»Die Untersuchung hat ergeben, daß er von hinten erschlagen wurde und daß die tödlichen Schläge mit dem Knauf dieser Feuerzange, und zwar von oben nach unten, ausgeführt wurden«, erklärte der Inspektor sachlich.
»Er war seiner Sache sehr sicher, aber trotzdem . . .« Rowley brütete einen Moment vor sich hin. »Wer wird einem Menschen den Rücken zuwenden, den man zu erpressen im Begriff steht? Er scheint nicht sehr vorsichtig gewesen zu sein, dieser Arden.«
»Wäre er vorsichtiger gewesen, lebte er wahrscheinlich noch«, stimmte der Inspektor trocken zu.
»Hätte ich mich bloß nicht aufs hohe Roß gesetzt, sondern wäre dortgeblieben. Wer weiß, vielleicht hätte ich etwas erfahren, was uns jetzt nützen könnte. Ich hätte natürlich so tun sollen, als wären wir sehr interessiert daran, ihm für den angebotenen Beweis jede Summe zu zahlen. Aber das ist alles so dumm. Wie können wir schon mit Rosaleen und David Hunter konkurrieren? Sie haben Geld, und wir haben höchstens Schulden.«

Der Inspektor nahm das Feuerzeug auf.
»Wissen Sie, wem das gehört?«
»Es kommt mir bekannt vor.« Eine steile Falte grub sich zwischen Rowleys nachdenkliche Augen. »Aber ich komme nicht darauf, wo ich es gesehen habe.«
Spence gab Rowley das Feuerzeug nicht in die ausgestreckte Hand. Er legte es nieder und nahm den Lippenstift auf.
»Und das?«
Rowley schmunzelte.
»Da bin ich nicht zuständig, Inspektor.«
Spence schraubte die Hülle ab und malte sich einen kleinen roten Strich auf den Handrücken.
»Würde zu einer Brünetten passen«, murmelte er.
»Was für komische Sachen ihr Leute von der Polizei wissen müßt«, bemerkte Rowley. Er erhob sich. »Und Sie haben wirklich keine Ahnung, wer der Ermordete gewesen sein könnte?«
»Haben Sie denn irgendeine Idee?« fragte der Inspektor.
»Nicht die geringste. Der Mann war unsere einzige Möglichkeit, an Robert Underhay ranzukommen«, erwiderte Rowley langsam. »Nach Underhay suchen, ohne jeden Anhaltspunkt, das wäre das gleiche, wie in einem Heuhaufen nach einer Stecknadel fahnden.«
»Die Nachricht von diesem Mord wird an die Öffentlichkeit gelangen. Die Umstände werden in der Zeitung geschildert werden, und es besteht die Möglichkeit, daß Underhay, falls er wirklich noch lebt, davon hört oder liest und sich meldet.«
»Möglich«, gab Rowley zu. »Unwahrscheinlich, aber möglich.«
Nachdem Rowley sich verabschiedet hatte, betrachtete der Inspektor sinnend das Feuerzeug. Es trug die Initialen D.H.
»Kein billiges Stück«, sagte er zu Sergeant Graves gewandt. »Haben Sie sich's angesehen?«
Der Sergeant bejahte die Frage.
Inspektor Spence wandte seine Aufmerksamkeit der Armbanduhr zu. Das Glas war zerbrochen, und die Zeiger waren auf zehn Minuten nach neun stehengeblieben.

»Was halten Sie davon?« fragte er, zu Graves aufblickend.
»Sieht so aus, als ob die Uhr uns den Zeitpunkt der Tat angibt«, meinte der Sergeant.
Spence sah zweifelnd drein.
»Wenn Sie erst einmal so viele Jahre Dienst hinter sich haben wie ich, Graves, werden Sie mißtrauisch beim Anblick eines so auffallend überzeugenden Beweisstücks wie einer stehengebliebenen Uhr. Sie kann wirklich beim Fall des Opfers zerbrochen sein und dadurch die genaue Zeit des Mordes angeben, aber die Gefahr, daß man uns damit in die Irre führen will, läßt sich nicht von der Hand weisen. Es ist ein oft erprobter alter Trick. Stellen Sie die Zeiger einer Uhr auf den Zeitpunkt, der Ihnen gerade ins Programm paßt, schmeißen Sie das Ding auf den Boden, der Mechanismus steht still – und Sie haben das schönste Alibi, das Sie sich wünschen können. Aber so leicht kriecht ein alter Fuchs wie ich nicht auf den Leim. Laut ärztlicher Aussage erfolgte die Tat zwischen acht und elf Uhr abends. Daran halte ich mich.«
Sergeant Graves räusperte sich.
»Edwards, der zweite Gärtner in Furrowbank, behauptete, er habe David Hunter so gegen halb acht aus einer Seitentür kommen sehen. Die Angestellten waren der Meinung, Hunter sei nach London zu Mrs. Gordon gefahren. Aber wenn Edwards ihn gesehen hat, muß er sich doch hier in der Nachbarschaft herumgetrieben haben.«
»Warten wir einmal ab, was uns Mr. Hunter über seinen Verbleib während der betreffenden Zeit zu sagen hat«, erwiderte Spence.
»Das sieht doch alles nach einem klaren Fall aus«, meinte Graves zuversichtlich.
Spence wiegte nachdenklich den Kopf.
»Für dieses Ding hier fehlt vorläufig noch jede Erklärung.« Er nahm den Lippenstift zur Hand. »Er war unter eine Kommode gerollt. Womöglich lag er da schon seit Tagen oder Wochen.«
»Man hat nichts von einer Frau in Verbindung mit diesem Arden gehört«, bemerkte Graves.

»Darum eben nenne ich diesen Lippenstift die unbekannte Größe in der Rechnung«, erwiderte Spence.

18

Inspektor Spence sah erst prüfend an dem imposanten Gebäude, das sich »Shepherd's Court« nannte, hinauf, bevor er durch das Marmorportal schritt.
Drinnen sanken des Inspektors Füße tief in die dicken weichen Teppiche ein, mit denen die Halle ausgelegt war. Ein Blumenarrangement und ausladende Polstermöbel fielen ihm ins Auge, doch steuerte er pflichtbewußt sogleich auf eine Tür zu, die als »Büro« gekennzeichnet war. Hinter der Tür befand sich ein mittelgroßer Raum, der durch eine massiv hölzerne Barriere abgeteilt war. Jenseits der Barriere standen ein Tisch mit einer Schreibmaschine und zwei Stühle, doch war niemand zugegen.
Der Inspektor erspähte eine Glocke und bediente sich ihrer. Als sich daraufhin nichts ereignete, versuchte er sein Glück abermals, diesmal etwas anhaltender. Ungefähr eine Minute darauf, vielleicht sogar noch etwas später, öffnete sich eine Seitentür, und eine uniformierte Erscheinung mit der Würde eines Generals, wenn nicht gar eines Feldmarschalls, näherte sich der Barriere. Doch als die Erscheinung zu sprechen begann, wurde offenbar, daß die Uniform täuschte und sich darunter ein waschechtes Produkt der weniger vornehmen Vorstadtgegenden Londons befand.
»Sie wünschen?«
»Ich möchte zu Mrs. Gordon Cloade.«
»Dritter Stock. Soll ich Sie anmelden?«
»Ist sie da?« erkundigte sich Spence. »Ich dachte schon, sie wäre womöglich auf dem Land.«
»Nein, sie ist schon seit letztem Sonnabend hier.«
»Und Mr. David Hunter?« forschte der Inspektor.
»Mr. Hunter ist ebenfalls da.«

»War er nicht weg?«
»Nein.«
»Und letzte Nacht war er auch hier?«
»Was soll dieses Gefrage eigentlich bedeuten?« fuhr der General erzürnt auf. »Soll ich Ihnen vielleicht die Lebensgeschichte von jedem einzelnen unserer Gäste erzählen?«
Ohne ein Wort zu erwidern, zog Inspektor Spence seinen Dienstausweis aus der Tasche. Der General gab sofort seine Angriffsstellung auf und zog sich in die Verteidigung zurück.
»Entschuldigen Sie bitte. Ist mir sehr peinlich. Aber wie konnte ich das wissen?«
»Na, und war Mr. Hunter gestern nacht nun hier oder nicht?« fragte Spence.
»Er war hier. Wenigstens soweit ich im Bilde bin. Das heißt, er hat nichts von Weggehen gesagt.«
»Erfahren Sie es immer, wenn einer der Gäste, sagen wir Mr. Hunter, abwesend ist?«
»Nicht immer. Aber im allgemeinen sagen es einem die Herrschaften, wenn sie wegfahren, schon wegen der Post oder falls angerufen wird.«
»Laufen alle Anrufe über dieses Büro?«
»Nein, die meisten Appartements haben eigene Telefonanschlüsse. Nur ein oder zwei ziehen es vor, sich kein Telefon hinauflegen zu lassen. Kommt ein Anruf, dann geben wir durchs Haustelefon Bescheid in das betreffende Zimmer, und die Herrschaften kommen in die Halle herunter und sprechen von dort.«
»Aber in Mrs. Cloades Appartement ist ein Telefon installiert?«
»Ja.«
»Und soweit Sie unterrichtet sind, waren beide Herrschaften gestern abend und gestern nacht im Haus?«
»Ja.«
»Wie steht's mit den Mahlzeiten?«
»Wir haben ein Restaurant, aber Mrs. Cloade und Mr. Hunter nutzen dessen Angebot nicht oft. Meist gehen sie zum Essen aus.«

»Und das Frühstück?«
»Das wird aufs Zimmer serviert.«
»Können Sie sich erkundigen, ob heute morgen Frühstück in Mrs. Cloades Appartement gebracht wurde?«
»Gewiß, Inspektor, das kann mir der Kellner sagen, der Zimmerdienst hatte.«
Spence nickte zufrieden.
»Finden Sie das heraus. Ich gehe jetzt hinauf. Wenn ich wieder herunterkomme, sagen Sie mir Bescheid.«
»Selbstverständlich, Inspektor. Sie können sich auf mich verlassen.«
Spence betrat den Fahrstuhl und fuhr in den dritten Stock hinauf. Es befanden sich nur zwei Appartements auf jeder Seite. Der Inspektor klingelte bei Nummer 9.
David Hunter öffnete. Er kannte den Beamten nicht und fragte unwirsch:
»Was ist los?«
»Mr. Hunter?« sagte Spence fragend.
»Ja.«
»Ich bin Inspektor Spence von der Oastshire County Polizei. Kann ich Sie einen Moment sprechen?«
»Entschuldigung, Inspektor.« David grinste. »Ich dachte, Sie wollten mir irgendwas verkaufen.«
Er führte den Inspektor in den modern eingerichteten Salon. Rosaleen hatte am Fenster gestanden und drehte sich beim Eintritt der beiden Männer um.
»Das ist Inspektor Spence, Rosaleen«, stellte David vor. »Setzen Sie sich, Inspektor, und machen Sie sich's bequem. Wie steht's mit einem Whisky?«
»Danke, Mr. Hunter.«
Rosaleen hatte sich gesetzt. Die Hände ineinander verkrampft, beobachtete sie den Inspektor.
»Rauchen Sie?«
David bot Zigaretten an.
»Danke.«
Spence nahm eine der Zigaretten und wartete. David fuhr mit der Hand in die Tasche, runzelte die Stirn und sah sich

dann suchend nach Zündhölzern um. Er nahm eine Schachtel vom Tisch und gab dem Inspektor Feuer.
»Na?« meinte David zwischen zwei Zügen, nachdem auch er sich eine Zigarette angezündet hatte. »Was ist passiert in Warmsley Vale? Hat sich unsere Köchin etwa bei Einkäufen auf dem schwarzen Markt erwischen lassen? Sie tischt uns wunderbare Mahlzeiten auf, und ich habe mich schon längst gefragt, ob sie nicht über irgendwelche dunklen Quellen verfügt.«
»Leider geht es um etwas Schlimmeres als das. Gestern nacht starb ein Mann im Hotel ›Hirschen‹. Sie haben vielleicht darüber in der Zeitung gelesen.«
David schüttelte verneinend den Kopf.
»Ich habe nichts gesehen. Was war mit ihm?«
»Genauer gesagt, er starb nicht, sondern er wurde ermordet«, berichtigte der Inspektor. »Er wurde erschlagen.«
Ein halb erstickter Schreckenslaut entrang sich Rosaleens Lippen. David sagte schnell:
»Verschonen Sie uns mit Einzelheiten, Inspektor, ich bitte Sie. Meine Schwester ist sehr empfindlich. Sie kann nichts dafür, aber sobald von Blut und Schreckenstaten die Rede ist, wird sie ohnmächtig.«
»Entschuldigen Sie bitte.«
Der Inspektor deutete eine kleine Verbeugung an, fuhr jedoch unverdrossen fort: »Von Blut kann auch eigentlich nicht die Rede sein. Obwohl es ganz eindeutig Mord war.«
Er schaltete eine Pause ein. Davids Augenbrauen hoben sich fragend. Als der Inspektor nicht fortfuhr, fragte er sehr freundlich.
»Und was haben wir damit zu tun?«
»Ich hoffte, Sie könnten mir etwas über den Ermordeten erzählen, Mr. Hunter?«
»Ich?«
»Ja. Sie haben ihn doch am letzten Sonnabend besucht. Sein Name – oder jedenfalls der Name, unter dem er sich eingetragen hatte – war Enoch Arden.«
»Ach ja, natürlich. Jetzt erinnere ich mich.«

David sprach ruhig, ohne jede Nervosität.
»Aber ich fürchte, ich kann Ihnen wenig helfen, Inspektor. Ich weiß so gut wie nichts von dem Mann.«
»Wieso suchten Sie ihn dann auf?«
»Ach, die übliche Geschichte. Er hatte sich an mich gewandt, weil es ihm schlechtging. Er erwähnte ein paar Städte, in denen ich auch gelebt habe, nannte Bekannte von mir, mit denen er zusammengetroffen war, erzählte vom Krieg, packte Erlebnisse aus – wie das so zu sein pflegt.« David zuckte die Achseln. »Es war ein Pumpversuch, nichts weiter, und was er mir auftischte, war reichlich fadenscheinig.«
»Haben Sie ihm Geld gegeben?«
Für den Bruchteil einer Sekunde schien David zu zögern, dann erwiderte er:
»Nur eine Fünfernote, mehr als Glücksbringer gemeint. Der Mann hatte schließlich den Krieg mitgemacht.«
»Und er nannte Namen von Bekannten?«
»Ja.«
»Nannte er auch Captain Robert Underhay?«
Diesmal hatte der Inspektor die Genugtuung, eine Wirkung seiner Frage beobachten zu können. David richtete sich auf. Seine Haltung wurde steif. Rosaleen, die hinter ihm saß, stieß einen kleinen Schrei aus.
»Wie kommen Sie darauf?« fragte David schließlich. Seine Augen versuchten den anderen zu durchdringen.
»Wir haben eine dahingehende Information erhalten«, gab Spence vage Auskunft.
Es entstand eine kleine Pause. Der Inspektor spürte Davids forschenden Blick auf sich ruhen.
»Wissen Sie, wer Robert Underhay war, Inspektor?« fragte David schließlich.
»Wie wär's, wenn Sie es mir erzählten?« kam die Gegenfrage.
»Robert Underhay war der erste Mann meiner Schwester. Er starb vor ein paar Jahren in Afrika.«
»Sind Sie dessen ganz sicher?« erkundigte sich Spence sachlich.
»Ganz sicher. Stimmt's, Rosaleen?«

David drehte sich zu seiner Schwester um.
»Ja . . . ja, natürlich.« Sie sprach hastig und kurzatmig. »Robert starb an Sumpffieber. Es war sehr traurig.«
»Es muß nicht unbedingt alles wahr sein, was gesagt wird, Mrs. Cloade. Manchmal wird von Ereignissen berichtet, die gar nicht stattgefunden haben.«
Rosaleen gab keine Antwort. Ihre Augen hingen an David. Nach einer ängstlichen Pause stammelte sie:
»Robert ist tot.«
»Wie ich erfahren habe, behauptete dieser Enoch Arden, ein Freund von Captain Robert Underhay zu sein. Außerdem hat er Ihnen mitgeteilt, daß sich Underhay noch am Leben befände.«
David schüttelte den Kopf.
»Unsinn«, erklärte er. »Absoluter Unsinn.«
»Sie bleiben also dabei, daß der Name Robert Underhay in Ihrer Unterhaltung mit Enoch Arden nicht gefallen ist?«
David lächelte entwaffnend.
»O doch, der Name wurde erwähnt. Der Mann kannte Underhay.«
»Handelte es sich vielleicht um eine kleine – Erpressung, Mr. Hunter?«
»Erpressung? Ich verstehe nicht, was Sie meinen, Inspektor.«
»Wirklich nicht? Nun, lassen wir das. Aber etwas anderes hätte ich gern gewußt – eine reine Formsache selbstverständlich: Wo haben Sie sich gestern abend zwischen sieben und elf Uhr aufgehalten?«
»Und wenn ich – eine reine Formsache selbstverständlich – die Antwort auf diese Frage verweigere?«
»Wäre das nicht etwas kindisch, Mr. Hunter?«
»Dieser Meinung bin ich nicht. Ich hasse es und habe es von jeher gehaßt, beaufsichtigt und kontrolliert zu werden.«
Der Inspektor zweifelte nicht an der Aufrichtigkeit dieser Behauptung.
Er hatte schon öfter mit Leuten vom Schlage dieses David Hunter zu tun gehabt. Sie waren imstande, aufsässig und widerspenstig zu sein, keineswegs, weil sie eine Schuld zu ver-

bergen hatten, sondern weil diese Aufsässigkeit ihrem Charakter entsprach. Die Tatsache allein, daß sie über ihr Kommen und Gehen Rechenschaft ablegen sollten, reizte sie zu Widerspruch und Auflehnung.
Der Inspektor blickte fragend zu Rosaleen Cloade hinüber, und sie reagierte unverzüglich auf die stumme Aufforderung.
»Warum sagst du es ihm nicht, David –«
»So ist's recht, Mrs. Cloade. Uns liegt doch einzig und allein daran, Licht in diese Sache zu bringen«, hakte Spence versöhnlich ein.
»Lassen Sie meine Schwester in Ruhe«, fuhr David ihn an. »Was schert es Sie, ob ich gestern abend hier, in Warmsley Vale oder in Honolulu war?«
»Man wird Sie als Zeugen vor Gericht zitieren, Mr. Hunter, und dort werden Sie wohl oder übel Auskunft erteilen müssen«, hielt der Inspektor ihm vor.
»Ich ziehe es vor zu warten, bis ich vor Gericht befragt werde. Und jetzt wäre es mir angenehm, wenn Sie so schnell wie möglich von der Bildfläche verschwänden.«
»Wie Sie wünschen.«
Der Inspektor ließ sich von dem hitzigen Ton des jungen Mannes nicht aus der Ruhe bringen.
»Bevor ich mich jedoch zurückziehe, habe ich noch eine Frage an Mrs. Cloade.«
»Ich wünsche nicht, daß meine Schwester belästigt wird«, brauste David von neuem auf.
»Verständlich, aber ich muß Mrs. Cloade bitten, sich den Toten anzuschauen, da sie ihn vielleicht identifizieren kann. Dem können Sie sich nicht widersetzen, Mr. Hunter. Es ist lediglich eine Frage des Zeitpunkts, denn früher oder später muß Mrs. Cloade den Mann persönlich in Augenschein nehmen. Am besten wäre es, sie käme gleich mit mir. Je eher man so eine unerfreuliche Sache hinter sich bringt, desto besser. Wir haben Zeugen dafür, daß Mr. Arden sagte, er habe Mr. Underhay gekannt. Nichts liegt näher, als daß er auch Mrs. Underhay gekannt hat, und wenn er Mrs. Under-

hay gekannt hat, ist es sehr wahrscheinlich, daß Mrs. Underhay auch ihn kannte. Es ist eine ausgezeichnete Chance, den wirklichen Namen des Mannes, der sich Enoch Arden nannte, herauszufinden.«
Zu des Inspektors Erstaunen erhob sich Rosaleen sofort und erklärte:
»Ich komme, wann immer Sie wünschen.«
Spence erwartete einen neuen Ausbruch Davids, doch verblüffenderweise lächelte der junge Mann nur.
»Das ist recht, Rosaleen«, sagte er. »Ich muß gestehen: Ich bin selbst neugierig. Sehr gut möglich, daß du uns sofort verraten kannst, wer der Bursche in Wirklichkeit war.«
»Sie haben ihn in Warmsley Vale nicht getroffen?« erkundigte sich Spence.
»Ich bin schon seit Sonnabend in London«, antwortete Rosaleen.
Der Inspektor nickte.
»Und Arden traf Freitag nacht in Warmsley Vale ein.«
»Möchten Sie, daß ich jetzt gleich mitkomme?« vergewisserte sich Rosaleen im Ton eines folgsamen Kindes, das seinen Lehrern gefallen möchte. Wider Willen fühlte sich Spence zu ihren Gunsten beeinflußt. Diese Bereitwilligkeit, ihn zu unterstützen, hatte er nicht erwartet.
»Ich warte in der Halle auf Sie.«
Er zog sich zurück.
Unten begab er sich abermals ins Büro, wo der General ihn bereits erwartete.
»Nun?«
»Beide Betten sind letzte Nacht benutzt worden, Inspektor. Auch die Badetücher waren naß, und um halb zehn heute früh wurde Frühstück aufs Zimmer serviert.«
»Um welche Zeit Mr. Hunter gestern nacht heimkam, haben Sie nicht in Erfahrung bringen können?«
»Leider nicht, Inspektor.«
Der Inspektor hatte mit keiner besseren Auskunft gerechnet. Er war sich nicht im klaren darüber, ob Davids kindisches Verhalten nur einem trotzigen Charakter entsprach oder ob

sich mehr hinter der Widerspenstigkeit des jungen Mannes verbarg. Wie die Dinge lagen, konnte er sich eigentlich nicht verhehlen, daß er in Verdacht stand, einen Mord begangen zu haben. Je eher er mit der Wahrheit herausrückte, desto besser. Was für einen Sinn sollte es haben, der Polizei zu trotzen? Aber gerade das bereitete Leuten wie David Hunter besonderes Vergnügen. Inspektor Spence wußte das nur zu gut.

Die Fahrt nach Warmsley Vale verlief äußerst schweigsam. Als die drei am Leichenschauhaus anlangten, war Rosaleen sehr blaß. Ihre Hände zitterten. David redete tröstend, so wie man einem verschüchterten Kind Mut zuspricht.

Auf ein Zeichen des Inspektors hin wurde das Leintuch von der leblosen Gestalt auf der Bahre gezogen. Stumm stand Rosaleen Cloade vor dem Toten, der sich Enoch Arden genannt hatte. Spence war einen Schritt zurückgetreten, doch seine Augen hingen am Gesicht der jungen Witwe.

Sie schaute auf den Toten hinunter, ohne sich zu rühren, ohne aufgeregt zu sein, es war fast ein Staunen in ihrem Blick, eine leichte Verwunderung. Und dann machte sie ruhig, beinahe sachlich, das Zeichen des Kreuzes über ihm und sagte:

»Gott sei seiner armen Seele gnädig. Ich habe diesen Mann noch nie in meinem Leben gesehen. Ich habe keine Ahnung, wer er ist.«

Ihr Ton war so überzeugend, daß es für den Inspektor nur zwei Möglichkeiten gab: Entweder hatte Rosaleen Cloade die Wahrheit gesagt, oder sie war eine der besten Schauspielerinnen, die er je erlebt hatte.

Etwas später rief Inspektor Spence Rowley Cloade an.

»Mrs. Cloade hat den Toten gesehen«, sagte er. »Sie behauptet, ihn nicht zu kennen. Damit ist jeder Zweifel, ob es Robert Underhay war oder nicht, ein für allemal aus der Welt geschafft.«

Es entstand eine kleine Pause, bevor Rowley langsam entgegnete:

»Sind Sie fest überzeugt davon?«

»Jede Geschworenenbank würde Mrs. Cloade Glauben schenken«, erwiderte der Inspektor. »Solange kein Beweis für das Gegenteil vorliegt, selbstverständlich.«
»Ja«, erwiderte Rowley zögernd.
Er hängte den Hörer ein und langte nach dem Telefonbuch von London. Er schlug den Buchstaben P auf und fuhr mit dem Zeigefinger die Kolonnen entlang, bis er auf den gesuchten Namen stieß.

19

Hercule Poirot faltete die letzte der zahlreichen Zeitungen zusammen, nach denen er seinen Diener George geschickt hatte. Nur sehr wenig war deren Berichten zu entnehmen. Die Untersuchung des Gerichtsarztes hatte ergeben, daß der Mann durch mehrere kräftige Schläge auf den Kopf ermordet worden war. Dieser Mr. Arden schien vor kurzem aus Kapstadt gekommen zu sein.
Poirot legte die letzte Zeitung auf einen säuberlich ausgerichteten Stoß bereits gelesener Blätter und überließ sich seinen Gedanken. Die Sache interessierte ihn. Wäre nicht Mrs. Lionel Cloades kürzlicher Besuch bei ihm gewesen, hätte er vielleicht die erste, knapp gefaßte Notiz über den Mord übersehen. Doch da gab es noch eine andere Begebenheit in Zusammenhang mit dem Namen Cloade, der ihm im Gedächtnis haftengeblieben war. Der langweilige Major Porter hatte an jenem nun schon einige Zeit zurückliegenden Tag im Club prophezeit, es könnte eines Tages irgendwo ein Mr. Enoch Arden auftauchen. Hercule Poirot hätte in diesem Augenblick gern mehr über diesen Enoch Arden gewußt, der in Warmsley Vale eines gewaltsamen Todes gestorben war.
Der Detektiv erinnerte sich, daß er Inspektor Spence von der Polizei in Oastshire flüchtig kannte, und er erinnerte sich weiter, daß der junge Mellon irgendwo in der Nähe

von Warmsley Vale wohnte und ein Bekannter Jeremy Cloades war.

Während er noch erwog, den jungen Mellon anzurufen, wurde Hercule Poirot von seinem Diener gestört, der meldete, ein Mr. Rowley Cloade wünsche Monsieur Poirot zu sprechen.

»Aha«, stieß der Meisterdetektiv befriedigt aus. »Führen Sie ihn herein.«

Ein gutaussehender, doch etwas verwirrt wirkender junger Mann betrat das Zimmer. Er schien nicht recht zu wissen, wie er die Unterredung beginnen sollte.

»Womit kann ich Ihnen dienen, Mr. Cloade?« erkundigte Poirot sich höflich.

Rowley Cloade musterte sein Gegenüber abschätzend. Der Schnurrbart, die Gamaschen und die glänzenden Lackschuhe flößten ihm wenig Vertrauen ein.

Hercule Poirot entging der Blick nicht, und die Bestürzung in den Augen des jungen Mannes amüsierte ihn.

»Ich fürchte, ich werde Ihnen erst einmal erklären müssen, wer ich überhaupt bin«, begann Rowley unbeholfen. »Mein Name wird Ihnen nichts sagen –«

»Ihr Name ist mir völlig geläufig«, unterbrach Poirot ihn. »Ihre Tante hat mich vor einer Woche aufgesucht.«

»Meine Tante?«

Das Erstaunen Rowleys war so offensichtlich echt, daß Poirot seine anfängliche Vermutung, die beiden Besuche könnten miteinander in Zusammenhang stehen, fallenließ.

»Mrs. Lionel Cloade ist doch Ihre Tante? Oder irre ich mich?«

Rowley schien – falls dies möglich war – noch erstaunter dreinzublicken.

»Tante Kathie?« fragte er mit ungläubiger Stimme. »Meinen Sie nicht eher Mrs. Jeremy Cloade?«

Poirot schüttelte verneinend den Kopf.

»Aber was um alles in der Welt kann Tante Kathie –«

»Eine spiritistische Eingebung führte sie zu mir, wenn ich die Dame richtig verstanden habe«, erklärte Poirot mit diskret gedämpfter Stimme.

»Ach, du lieber Himmel!« Rowley schien zugleich erleichtert und amüsiert. »Sie ist ganz harmlos«, versicherte er dann.
»Wirklich?«
»Was meinen Sie damit?«
»Gibt es überhaupt ganz harmlose Menschen?«
Rowley starrte Poirot fassungslos an. Der seufzte leise.
»Sie kamen doch sicher aus einem bestimmten Grund zu mir«, versuchte er dann das Gespräch in Gang zu bringen.
In Rowleys Augen schlich sich wieder der besorgte Ausdruck.
»Es ist eine ziemlich lange Geschichte, fürchte ich –«
Das fürchtete Poirot ebenfalls. Rowley Cloade machte nicht den Eindruck eines Mannes, der sich kurz, knapp und sachlich zu einem bestimmten Thema äußern konnte. Also lehnte sich der Meisterdetektiv in seinem Sessel zurück und schloß halb die Augen.
»Gordon Cloade war mein Onkel«, hub Rowley an, aber schon wurde er unterbrochen.
»Über Gordon Cloade weiß ich Bescheid.«
»Um so besser, dann brauche ich Ihnen nichts über ihn zu erzählen. Er heiratete ein paar Wochen vor seinem Tod eine junge Witwe namens Underhay. Seit Gordons Tod lebt sie in Warmsley Vale, zusammen mit ihrem Bruder. Wir waren alle der Meinung, ihr erster Mann sei in Afrika an Sumpffieber gestorben. Nun scheint dies aber nicht der Fall zu sein.«
»Ah«, Poirot richtete sich aus seiner lässigen Stellung auf. »Und was veranlaßt Sie zu dieser Vermutung?«
Rowley schilderte das Erscheinen Mr. Enoch Ardens in Warmsley Vale.
»Sie haben vielleicht in den Zeitungen darüber gelesen . . .«
»Ja, ich bin im Bilde«, versicherte Poirot.
Rowley fuhr fort. Er schilderte seinen ersten Eindruck von diesem Arden, wie ein Brief Beatrice Lippincotts ihn sodann in den »Hirschen« bestellt und was er über das von Beatrice belauschte Gespräch zwischen David Hunter und dem Fremden vernommen hatte.
»Wie weit man das, was sie behauptet, gehört zu haben, für

bare Münze nehmen kann, ist natürlich fraglich«, fügte er vorsichtig hinzu. »Möglich, daß sie ein bißchen übertrieben oder gar falsch verstanden hat.«

»Hat Miss Lippincott der Polizei von diesem Gespräch erzählt?« erkundigte sich Poirot.

Rowley nickte.

»Ich riet ihr dazu.«

»Ich verstehe nicht ganz, Mr. Cloade, was Sie zu mir führt. Wünschen Sie, daß ich in dieser Mordaffäre Nachforschungen anstelle? Ich nehme an, es unterliegt keinem Zweifel, daß es sich um Mord handelt.«

»Diese Seite der Sache interessiert mich nicht«, erklärte Rowley. »Das ist die Arbeit der Polizei. Ein Mord war es, das steht fest. Nein, ich möchte, daß Sie herausfinden, wer der Mann in Wirklichkeit war.«

Poirots Augen zogen sich zu schmalen Schlitzen zusammen.

»Wer war er denn, Ihrer Vermutung nach, Mr. Cloade?«

»Ich meine . . . nun ja . . . Enoch Arden ist doch schließlich kein Name. Das war doch sozusagen ein Pseudonym, von Tennyson entlehnt. Ich habe das Gedicht nachgelesen. Es geht um einen Mann, der zurückkommt und entdeckt, daß seine Frau einen anderen geheiratet hat.«

»Sie vermuten, daß Enoch Arden in Wirklichkeit Robert Underhay war?« fragte Poirot ohne Umschweife.

»Möglich, daß er's war«, entgegnete Rowley bedächtig. »Dem Alter und der Figur nach hätte er's sein können. Ich hab mehr als einmal mit Beatrice darüber gesprochen. Der Fremde sagte, Robert Underhay ginge es schlecht, und er brauche dringend Geld für ärztliche Pflege. Es ist aber nicht ausgeschlossen, daß er sich selbst meinte. Anscheinend ließ er eine Bemerkung fallen, es sei doch wohl kaum in David Hunters Interesse, wenn Robert Underhay plötzlich in Warmsley Vale auftauchen würde – mehr oder weniger ein Hinweis darauf, daß er sich unter falschem Namen eingeschrieben hat aus Rücksicht auf Hunter und seine Schwester.«

»Befand sich irgendein Ausweis unter den Sachen des Mannes?«

Rowley schüttelte den Kopf.
»Über seine Identität liegen nur die Aussagen der Leute vom ›Hirschen‹ vor – daß er sich unter dem Namen Enoch Arden eingetragen habe.«
»Er besaß überhaupt keine Papiere?«
»Nein. Eine Zahnbürste, ein Hemd und ein Paar Ersatzsokken – das waren seine gesamten Habseligkeiten. Kein Ausweis, kein Papier.«
»Das ist interessant, sehr interessant«, murmelte Poirot.
»David Hunter behauptet, einen Brief von dem Fremden erhalten zu haben«, fuhr Rowley fort. »Der Mann habe sich als Freund Robert Underhays ausgegeben und geklagt, wie schlecht es ihm gehe. Auf Rosaleens Bitte hin sei Hunter in den ›Hirschen‹ gegangen und habe dem Mann mit einer Kleinigkeit unter die Arme gegriffen. So erzählt David Hunter die Geschichte, und ich wette, daß er nicht davon abgeht.«
»Und David Hunter hatte den Mann nie vorher gesehen?«
»Angeblich nicht. Hunter und Underhay kannten sich jedenfalls nicht. Das steht fest«, erklärte Rowley.
»Und Rosaleen Cloade?«
»Auf Veranlassung der Polizei hat sie sich den Toten angesehen. Sie erklärte, der Mann sei ihr völlig fremd.«
»*Eh bien*«, sagte Poirot. »Damit ist Ihre Frage ja beantwortet.«
»Der Meinung bin ich nicht«, widersprach Rowley unverblümt. »Wenn der Tote Robert Underhay ist, bedeutet dies, daß Rosaleens Ehe mit meinem Onkel nicht gültig war und ihr demzufolge kein Cent vom Geld Gordon Cloades gehört. Glauben Sie, daß sie unter diesen Umständen die Identität des Toten preisgeben würde?«
»Sie trauen Ihr nicht?« lautete Poirots Gegenfrage.
»Ich traue keinem von ihnen.«
»Es gibt doch sicher noch mehr Leute, die sagen könnten, ob der Tote Robert Underhay ist oder nicht?«
»Das ist ja eben der Haken. Es scheint sehr schwierig zu sein, jemanden zu finden, der darüber Auskunft geben kann. Und deshalb bin ich zu Ihnen gekommen. Sie sollen jemanden aufspüren, der Robert Underhay kennt oder kannte.«

»Und wieso wenden Sie sich da gerade an mich?«
Rowley sah verwirrt aus.
In Poirots Augen trat ein amüsiertes Funkeln.
»Hat Sie vielleicht auch eine spiritistische Eingebung zu mir geführt?«
»Um Himmels willen! Nein!« wehrte Rowley entsetzt ab. »Ein Freund hat mir von Ihnen erzählt. Sie seien Spezialist in solchen Dingen, hat er gesagt. Ich nehme an, es kostet eine Menge Geld, solche Nachforschungen anzustellen, und ich bin nicht gerade reich, aber ich glaube, in diesem Fall könnten wir es – ich meine, die Familie – mit vereinten Kräften schaffen, die Summe aufzutreiben. Vorausgesetzt natürlich, daß Sie den Auftrag annehmen wollen.«
»Ich denke, daß ich Ihnen behilflich sein kann«, entgegnete Hercule Poirot langsam.
Seine kleinen grauen Zellen arbeiteten. Namen aus der Vergangenheit, Begebenheiten und Begegnungen fielen ihm ein.
»Könnten Sie heute nachmittag noch mal bei mir vorbeischauen, Mr. Cloade?« erkundigte er sich.
»Heute nachmittag?« fragte Rowley erstaunt. »Aber in so kurzer Zeit werden Sie doch kaum etwas herausgefunden haben!?«
»Ich kann nicht dafür garantieren, es besteht jedoch eine Möglichkeit.«
In Rowleys Augen lag ein Ausdruck derart fassungsloser Bewunderung, daß Poirot schon übermenschliche Charakterstärke hätte besitzen müssen, um nicht der Versuchung zu erliegen, sich geschmeichelt zu fühlen.
»Man hat so seine Methoden«, sagte er mit unnachahmlich würdevoller Schlichtheit.
Es war die richtige Antwort gewesen. Der ungläubige Ausdruck in Rowleys Augen verwandelte sich in Respekt.
»Natürlich ... ich verstehe ... obwohl ich mir beim besten Willen nicht vorstellen kann, wie Sie so etwas fertigbringen«, stammelte er.
Poirot verzichtete darauf, seinen Besucher aus seiner Unwis-

senheit zu erlösen. Statt dessen wartete er, bis Rowley gegangen war, dann setzte er sich an seinen Schreibtisch, schrieb ein kurzes Briefchen und beauftragte seinen Diener George, die Nachricht in den Coronation Club zu bringen und dort auf Antwort zu warten.
Die Antwort fiel sehr zufriedenstellend aus. Major Porter dankte Monsieur Hercule Poirot für seine freundlichen Zeilen und drückte seine freudige Bereitwilligkeit aus, Monsieur Poirot und dessen Freund am Nachmittag des gleichen Tages um fünf Uhr in seiner Wohnung in Campdon Hill zu empfangen.

Um halb fünf war Rowley Cloade zur Stelle.
»Wie steht's, Monsieur Poirot? Hatten Sie Glück?«
»Selbstverständlich, Mr. Cloade. Wir machen uns gleich auf den Weg zu einem alten Freund von Robert Underhay.«
»Was?« Rowley meinte, seinen Ohren nicht zu trauen. »Aber das ist ja kaum zu glauben! Vor ein paar Stunden habe ich Ihnen die Sache erst erzählt, und schon haben Sie einen Freund Underhays entdeckt? Phantastisch!«
Poirot machte eine abwehrende Handbewegung und versuchte, bescheiden dreinzuschauen. Er hütete sich, Rowley darüber aufzuklären, wie einfach seine Methode in diesem Fall gewesen war.

Major Porter bewohnte den oberen Stock eines kleinen, wenig gepflegten Hauses. Das Zimmer, in welches man die beiden Herren führte, war ringsum mit Bücherregalen vollgestellt. Über den Regalen hingen billige Drucke, meist Szenen aus der Welt des Sports darstellend. Auf dem Boden lagen zwei einst sehr gute, doch nun vom Gebrauch dünn gewordene Teppiche.
Der Major erwartete die Herren.
»Tut mir wirklich leid, Monsieur Poirot, aber ich kann mich nicht erinnern, Ihnen schon mal begegnet zu sein. Im Club, sagen Sie? Vor längerer Zeit? Ihr Name ist mir selbstverständlich bekannt.«

»Und dies ist Mr. Rowley Cloade«, stellte Poirot vor.
Major Porter machte eine steife Bewegung mit dem Kopf, was seiner Art einer höflichen Begrüßung entsprach.
»Freut mich«, sagte er wohlerzogen. »Bedaure unendlich, Ihnen nicht einmal ein Glas Sherry anbieten zu können, aber das Lager meines Weinlieferanten wurde von Bomben getroffen. Das einzige, was ich im Haus habe, ist etwas Gin, miserable Qualität allerdings, meiner Meinung nach. Wie steht es mit einem Glas Bier?«
Man einigte sich auf Bier. Der Major bot Poirot eine Zigarette an.
»Sie rauchen ja nicht«, bemerkte er, zu Rowley gewandt. »Gestatten die Herren, daß ich meine Pfeife anzünde?« Und nachdem er mit einiger Mühe diese Prozedur vollzogen hatte, sagte er: »Und nun: Worum handelt es sich?«
»Sie haben vielleicht in den Zeitungen Berichte über den Tod eines Mannes in Warmsley Vale gelesen?« begann Poirot.
Porter schüttelte den Kopf.
»Möglich, erinnere mich aber nicht daran.«
»Der Name des Mannes war Arden. Enoch Arden.«
Porter schüttelte abermals den Kopf.
»Der Mann wurde mit eingeschlagenem Schädel in seinem Zimmer im Hotel ›Zum Hirschen‹ gefunden.«
»Warten Sie . . .«, der Major runzelte nachdenklich die Stirn. »Doch, mir schient, ich habe da vor ein paar Tagen eine Notiz gelesen.«
»Ich habe hier ein Foto dieses Mannes«, fuhr Poirot fort. »Es ist eine Presseaufnahme, nicht besonders scharf, aber vielleicht genügt sie. Wir möchten wissen, ob Sie diesen Mann schon einmal irgendwo gesehen haben.«
Er reichte dem ehemaligen Offizier die beste Aufnahme, die er von Enoch Arden hatte auftreiben können.
Der Major nahm das Bild.
»Lassen Sie mich mal sehen . . .«, sagte er langsam.
Plötzlich fuhr er mit einem Ruck zurück.
»Aber das ist doch . . . Der Teufel soll's holen . . .«
»Sie kennen den Mann, Major Porter?«

»Natürlich kenne ich ihn«, rief der Major. »Es ist Underhay. Robert Underhay.«
»Sind Sie Ihrer Sache sicher?« Die Genugtuung in Rowleys Stimme war unverkennbar.
»Selbstverständlich bin ich meiner Sache sicher. Robert Underhay, ich würde jeden Eid darauf leisten.«

20

Das Telefon klingelte, und Lynn eilte an den Apparat.
»Lynn?«
Es war Rowley.
»Rowley?«
Ein fremder Ton klang in Lynns Stimme mit.
»Was ist los mit dir?« erkundigte sich Rowley. »Man sieht dich ja gar nicht mehr.«
»Ach, die Zeit verfliegt nur so, ich weiß es selbst nicht. Man muß sich für alles anstellen, am Morgen für Fisch und am Nachmittag für ein Stückchen klebrigen Kuchen, und im Handumdrehen ist so ein Tag herum. Das ist das gemütliche Leben daheim heutzutage.«
»Ich muß dich sehen. Etwas Wichtiges.«
»Was gibt's denn?«
»Gute Nachrichten. Komm zum oberen Hügel. Wir pflügen dort.«
Gute Nachrichten? Nachdenklich hängte Lynn ein. Was bezeichnete Rowley Cloade wohl als eine gute Nachricht? Vielleicht hatte er den jungen Stier zu einem besseren Preis als vorgesehen verkaufen können?
Nein, es mußte etwas Bedeutenderes sein als das. Sie machte sich auf den Weg. Als sie sich dem bezeichneten Hügel näherte, kletterte Rowley vom Traktor und kam ihr entgegen.
»Tag, Lynn.«
»Tag, Rowley. Nanu . . . du siehst ja ganz verändert aus!«
»Das will ich meinen. Ich habe auch allen Grund dazu. Das

Blatt hat sich gewendet, und zwar diesmal zu unserem Vorteil, Lynn.«

»Ich verstehe dich nicht.«

»Erinnerst du dich an einen gewissen Hercule Poirot, von dem Onkel Jeremy einmal erzählte?«

»Hercule Poirot?« Lynn überlegte. »Mir ist, als hätte ich den Namen schon gehört.«

»Es liegt bereits einige Zeit zurück. Es war noch während des Krieges. Und Onkel Jeremy kam aus diesem Mausoleum von einem Club, dem er angehört, und erzählte von mehreren Leuten, die er dort getroffen hatte. Vor allem von diesem sonderbaren kleinen Mann. Trägt ausgefallene Kleidung und einen komischen Schnurrbart, aber er ist nicht auf den Kopf gefallen. Franzose oder Belgier wird er wohl sein.«

Lynn schien es zu dämmern.

»Ist er nicht ein Detektiv?«

»Stimmt. Und jetzt paß gut auf, Lynn. Ich weiß nicht wieso, aber mir ging es einfach nicht aus dem Kopf, daß der Mann, der im ›Hirschen‹ ermordet worden ist, Robert Underhay sein könnte. Rosaleens erster Mann.«

Lynn lachte.

»Bloß, weil er sich Enoch Arden genannt hat, verdächtigst du ihn? Das ist doch verrückt.«

»So verrückt nun auch wieder nicht, meine Liebe. Inspektor Spence hat scheint's nicht viel anders gedacht, denn er brachte Rosaleen her, damit sie sich den Toten anschaut und ihn identifiziert. Sie behauptet allerdings steif und fest, es sei nicht ihr erster Mann.«

»Dann ist doch erwiesen, daß dein Argwohn unbegründet war.«

»Damit hätte man sich abgefunden, wäre ich nicht hartnäkkig geblieben«, erklärte Rowley fest.

»Wieso? Was hast du denn gemacht?«

»Ich suchte diesen Hercule Poirot auf und fragte ihn, ob er nicht jemanden aufspüren könne, der Robert Underhay gekannt hat. Und was soll ich dir sagen? Wie ein Zauberer

Kaninchen aus dem Hut produziert, brachte dieser Poirot im Handumdrehen einen Mann zum Vorschein, der mit Robert Underhay gut befreundet war. Ein ehemaliger Offizier namens Porter. Und dieser Porter war ganz sicher – aber das behalte bitte für dich, Lynn –, daß der Tote Robert Underhay ist.«
»Was?« Lynn trat einen Schritt zurück.
Sie starrte Rowley ungläubig an.
»Robert Underhay, jawohl. Wir haben gewonnen, Lynn. Jetzt haben diese Schwindler das Nachsehen.«
»Welche Schwindler?«
»Hunter und seine Schwester. Sie können sehen, wo sie bleiben. Aus der Traum. Rosaleen bekommt Gordons Geld nicht in die Finger. Wir bekommen es. Diese Entdeckung beweist klar, daß Rosaleen nicht Witwe war und darum auch nicht wieder heiraten konnte, und demnach ist das Testament rechtskräftig, das Gordon als Junggeselle gemacht hatte. Laut diesem Testament wird das Geld unter uns geteilt. Und ich bekomme ein Viertel. Wenn Robert Underhay noch am Leben war, als Rosaleen Gordon heiratete, war diese Heirat ungültig. Begreifst du nicht?«
»Bist du sicher?«
»Ganz sicher. Nun kommt alles so, wie Gordon es gewollt hätte. Es ist wieder, wie es früher war, bevor sich dieses Schwindlerpaar hier einnistete.«
Wieder wie früher? Kaum, dachte Lynn. Wie wollte man Geschehenes mit einem Federstrich löschen? Geschehenes ließ sich nicht ungeschehen machen.
»Was soll aus ihnen werden?«
»Hm?«
Lynn merkte, daß Rowley diese Seite der Angelegenheit überhaupt nicht bedacht hatte.
»Was weiß ich ...«, wehrte er ungeduldig ab. »Sie werden wohl dorthin zurückgehen, wo sie hergekommen sind.«
Langsam dämmerte ihm, was sie meinte.
»Ich denke, Rosaleen handelte in gutem Glauben, als sie Gordon heiratete. Sie war sicher überzeugt, ihr erster Mann

sei tot. Es ist nicht ihr Fehler. Nein, du hast recht. Wir müssen uns um sie kümmern. Vielleicht kann man ihr eine monatliche Summe aussetzen. Wir müssen das gemeinsam besprechen.«
»Du magst sie, nicht wahr?«
»Sie ist ein liebes Geschöpf«, gab Rowley bedächtig zu. »Und sie versteht etwas von Landwirtschaft.«
»Ich verstehe nichts davon«, meinte Lynn.
»Du wirst es lernen«, erwiderte Rowley liebevoll.
»Und was wird aus David?« fragte Lynn leise.
»Der soll sich zum Teufel scheren. Was ging ihn Onkel Gordons Geld überhaupt an? Er heftete sich wie eine Klette an seine Schwester und nutzte sie aus. Ein Schmarotzer.«
»Das ist nicht wahr, Rowley. Jetzt bist du ungerecht. David ist kein Schmarotzer, ein Abenteurer vielleicht –«
»Und ein skrupelloser Mörder.«
»Das glaube ich nicht! Das glaube ich nicht!«
»Wer sonst soll Underhay ermordet haben? Hunter war hier an dem betreffenden Tag. Er kam mit dem Halb-sechs-Uhr-Zug. Ich hatte unten am Bahnhof etwas in Empfang zu nehmen und sah ihn von weitem.«
»Er fuhr an jenem Abend nach London zurück«, entgegnete Lynn heftig.
»Ja, nachdem er Underhay getötet hatte«, versetzte Rowley triumphierend.
»Wie kannst du nur eine solche Behauptung aufstellen, Rowley. Um welche Zeit wurde Underhay denn ermordet?«
»Genau weiß ich's nicht.« Rowley besann sich. »Und vor der Verhandlung morgen werden wir es auch kaum erfahren, denke ich. – Es wird wohl zwischen neun und zehn Uhr abends gewesen sein.«
»David hat den 9-Uhr-20-Zug nach London noch erreicht«, versetzte Lynn eifrig.
»Woher willst du das wissen, Lynn?«
»Weil ich ihn zufällig traf, als er zum Bahnhof rannte.«
»Und woher weißt du, daß er den Zug noch erreichte?«
»Weil er mich später von London aus angerufen hat.«

»Was hat der Kerl dich anzurufen?« grollte Rowley. »Das paßt mir nicht, Lynn, ich sage dir –«

»Ach, reg dich nicht auf, Rowley, es hat nicht das geringste zu bedeuten. Es beweist aber, daß er den Zug noch erwischt hat.«

»Er hatte übergenug Zeit, den Mord zu begehen und dann zum Bahnhof zu laufen.«

»Unmöglich, wenn Arden nach neun Uhr ermordet worden ist.«

»Vielleicht wurde er kurz vor neun Uhr ermordet.«

Rowleys Stimme klang nicht mehr ganz so sicher. Seine Theorie war erschüttert worden.

Lynn schloß die Augen. Entsprach Rowleys Verdacht der Wahrheit? War David vom »Hirschen« hergerannt gekommen, ein Mörder, der vom Tatort floh, als er sie küßte? Seine sonderbar euphorische Stimmung fiel ihr ein, die verhaltene Erregung, in der er sich befunden hatte. War dies die Nachwirkung eines Mordes gewesen? Und war es David Hunter zuzutrauen, daß er einen Menschen ermordet, der ihm nie ein Leid zugefügt hatte? Nur, weil er zwischen Rosaleen und einem großen Vermögen stand?

»Warum hätte David Hunter Underhay ermorden sollen?« murmelte sie, aber es klang wenig überzeugend.

»Wie kannst du nur fragen, Lynn! Ich habe dir doch eben erklärt, daß wir Onkel Gordons Geld bekommen, wenn sich beweisen läßt, daß Underhay noch lebt oder jedenfalls zur Zeit der Eheschließung von Rosaleen und Gordon Cloade noch gelebt hat. Außerdem versuchte Underhay, David zu erpressen.«

Das ist etwas anderes, dachte Lynn. Mit einem Erpresser würde David nicht viel Federlesens machen. Es ließ sich vorstellen, daß er, in Wut gebracht, zuschlug. Und die Erregung nach der Tat, der kurze Atem, seine hastige, fast ärgerliche Zärtlichkeit ihr gegenüber und später dann die Bemerkung: »Ich mache mich besser aus dem Staub.« Ja, es paßte alles zusammen.

»Was ist dir, Lynn? Fühlst du dich nicht wohl?«

Wie aus weiter Ferne drang Rowleys Stimme an ihr Ohr.
»Was soll mit mir sein? Nichts.«
»Dann mach kein so bedrücktes Gesicht. Stell dir vor, jetzt können wir wenigstens ein paar Maschinen anschaffen, die uns eine Menge Arbeit ersparen. Es wird ein ganz anderer Zug in den Betrieb kommen. Du sollst es schön haben, Lynn . . .«
Er sprach von ihrem zukünftigen Heim, von dem Haus, in dem sie mit ihm leben würde . . .
Und an einem Morgen zu früher Stunde würde David Hunter am Galgen . . .

21

Mit blassem Gesicht, äußerste Wachsamkeit in den Augen, hielt David seine Schwester bei den Schultern gepackt.
»Es wird alles gutgehen, Rosaleen, du mußt mir glauben. Du darfst nur nicht den Kopf verlieren und mußt genau das sagen, was ich mit dir besprochen habe.«
»Aber was mache ich, wenn sie dich von mir wegholen? Du hast selbst gesagt, das könnte geschehen. Was mache ich dann?«
»Es ist eine Möglichkeit, die ich erwähnt habe, aber selbst wenn es geschieht, wird es nicht für lange Zeit sein. Nicht, wenn du meine Instruktionen befolgst.«
»Ich werde alles so machen, wie du es sagst, David.«
»Das ist vernünftig. Du brauchst nichts weiter zu tun, Rosaleen, als bei deiner Aussage zu bleiben, daß der Tote nicht Robert Underhay ist.«
»Sie werden mir Dinge in den Mund legen, die ich gar nicht gesagt oder nicht gemeint habe.«
»Nein, das tut niemand. Hab keine Angst.«
»Ach, wir sind selbst schuld, David. Es war nicht recht, das Geld zu nehmen. Es stand uns nicht zu. Ich liege Nächte hindurch wach und grüble darüber nach. Man darf nichts neh-

men, was einem nicht zukommt. Gott straft uns für unsere Sünden.«

Sie war am Ende ihrer Kraft. David musterte seine Schwester prüfend. Ihr Gewissen hatte sie nie ganz zur Ruhe kommen lassen. Und nun drohte sie völlig zusammenzubrechen. Es gab nur eine einzige Möglichkeit, sie vor einer Dummheit zu bewahren.

»Rosaleen«, sagte er mit ernster Stimme, »willst du mich am Galgen hängen sehen?«

»Um Himmels willen, David . . .« Ihre Augen wurden groß vor Entsetzen. »Das können sie nicht tun . . .«

»Nicht, wenn du vernünftig bist. Du bist der einzige Mensch, der mich an den Galgen bringen kann. Vergiß das nie. Wenn du auch nur ein einziges Mal durch einen Blick, eine Bewegung oder eine Antwort zugibst, daß der Tote vielleicht Robert Underhay sein könnte, legst du die Schlinge um meinen Hals. Begreifst du das?«

Sie hatte es begriffen. Mit vor Angst erstickter Stimme flüsterte sie:

»Aber ich bin so dumm, David.«

»Du bist nicht dumm, Rosaleen. Du brauchst nur ruhig zu bleiben und zu schwören, daß der Tote nicht Robert Underhay ist. Wirst du das können?«

Sie nickte.

»Sicher, David, sicher kann ich das.«

»So ist's recht. Und wenn alles vorbei ist, fahren wir weg. Nach Südfrankreich oder nach Amerika. Bis es soweit ist, achte auf deine Gesundheit. Lieg nicht wach in der Nacht und zermartere dich nicht mit Vorwürfen und dummen Gedanken. Nimm die Pulver, die Dr. Cloade dir verordnet hat. Nimm jeden Abend vor dem Zubettgehen eines. Dann wirst du schlafen können. Und denke immer daran, daß uns eine wunderbare Zeit bevorsteht.«

Er sah sich in dem prachtvollen Raum um. Schönheit, Bequemlichkeit, Reichtum . . . Er hatte es genossen. Ein herrliches Haus, dieses Furrowbank. Wer weiß, vielleicht war dies sein Abschied vom guten Leben . . .

Er hatte sich selbst hineingeritten. Es war nicht mehr zu ändern, und er bedauerte es nicht einmal. Man mußte das Leben nehmen, wie es war, und die Gelegenheiten, die sich einem boten, beim Schopfe packen. Wie hieß es bei Shakespeare? »Wir müssen das Gefäll des Stromes nutzen, wo nicht, verlieren wir des Zufalls Gunst.« Er würde des Zufalls Gunst auch in Zukunft stets nutzen.
Er schaute zu Rosaleen hinüber. Ihre Augen hingen in banger, stummer Frage an ihm. Er wußte, was ihr am Herzen lag. »Ich habe ihn nicht ermordet, Rosaleen«, sagte er weich. »Ich schwöre es dir bei allen Heiligen in deinem Kalender.«

22

Das offizielle Verhör der Voruntersuchung hatte begonnen. Der Coroner, Mr. Pebmarsh, blinzelte hinter seinen Brillengläsern und war offensichtlich von der Wichtigkeit seiner Person zutiefst überzeugt.
Neben ihm saß breit und behäbig Inspektor Spence. Etwas abseits saß ein untersetzter, dunkelhaariger, fremdländisch anmutender Herr mit gepflegtem schwarzem Schnurrbart. Weiter waren die Cloades zugegen. Jeremy Cloade mit Frau, Lionel Cloade mit Frau, Rowley Cloade, Mrs. Marchmont, Lynn – sie saßen alle beieinander. Etwas entfernt hatte sich Major Porter niedergelassen. Er machte den Eindruck eines Menschen, dem nicht ganz wohl ist in seiner Haut. David und Rosaleen betraten den Raum als letzte. Sie suchten ihre Plätze abseits von den anderen.
Mr. Pebmarsh räusperte sich achtunggebietend und musterte ernst die neun Geschworenen, alles ehrenwerte Bürger der Gegend. Dann begannen die Verhöre.
Dr. Lionel Cloade wurde als erster aufgerufen.
»Sie befanden sich in Ausübung Ihrer beruflichen Tätigkeit im ›Hirschen‹, als Gladys Aitkin sich an Sie wendete. Was sagte sie?«

»Sie sagte, daß der Herr aus Nummer 5 tot am Boden läge.«
»Worauf Sie sich in Zimmer Nummer 5 hinaufbegaben?«
»Jawohl.«
»Beschreiben Sie, was Sie dort vorfanden.«
Dr. Cloade kam der Aufforderung nach. Leiche eines Mannes auf dem Boden ... Verletzungen am Kopf ... Schädeldecke eingeschlagen ... Feuerzange ...
»Und Sie waren der Meinung, daß die Verletzungen von Schlägen mit der Feuerzange stammten?«
»Einige rührten ohne Zweifel von der Feuerzange her.«
»Der Mann war tot?«
»Daran konnte kein Zweifel bestehen.«
»Was können Sie über den Zeitpunkt seines Todes sagen?«
»Ich möchte mich nicht auf einen allzu genauen Zeitpunkt festlegen. Es waren mindestens elf Stunden, möglicherweise aber auch dreizehn oder vierzehn Stunden seither vergangen. Der Tod muß zwischen halb acht und halb elf des vorangegangenen Abends eingetreten sein.«
Als nächster wurde der Gerichtsmediziner um seine Meinung befragt. Der Mord sei mit brutaler Wildheit ausgeführt worden, erklärte er, doch sei nicht unbedingt große Körperkraft dazu nötig gewesen, da als Schlaginstrument die Feuerzange gedient habe. Der schwere eiserne Knauf mache die Feuerzange, mit beiden Händen an der Zangenseite gepackt, zu einer gefährlichen Waffe. Selbst eine Person von mittlerer Körperkraft könne, angetrieben von einem plötzlichen Wutausbruch, wuchtige Schläge damit austeilen.
Beatrice Lippincott schilderte das Eintreffen des Fremden im »Hirschen«. Er habe sich als Enoch Arden aus Kapstadt eingetragen.
»Händigte der Gast Ihnen seine Lebensmittelkarte aus?«
»Nein.«
»Fragten Sie ihn danach?«
»Nicht gleich. Ich wußte ja nicht, wie lange er zu bleiben beabsichtigte.«
»Aber später fragten Sie ihn danach?«
»Ja. Er kam am Freitag an, und am Sonnabend sagte ich ihm,

falls er länger als fünf Tage bliebe, müßte ich ihn um seine Lebensmittelkarte bitten.«
»Und was antwortete er darauf?«
»Er sagte, er würde sie mir geben.«
»Aber er gab sie Ihnen nicht?«
»Nein. Er würde sie heraussuchen und mir geben, sagte er.«
»Haben Sie am Sonnabend abend eine Unterhaltung zwischen dem Fremden und einer anderen Person mit angehört?«
Mit wortreichen Erklärungen der absoluten Notwendigkeit, zu der bewußten Zeit in Zimmer Nummer 4 die Wäsche gewechselt haben zu müssen, begründete Beatrice Lippincott mit leicht geröteten Wangen ihre Anwesenheit im Nebenzimmer und erging sich dann in einer nicht minder wortreichen Wiederholung der bewußten Unterhaltung.
»Erwähnten Sie das Gespräch zwischen den beiden Männern einem Dritten gegenüber?«
»Ja, ich weihte Mr. Rowley Cloade ein.«
Einer der Geschworenen hatte eine Frage.
»Erwähnte der Ermordete in dem Gespräch irgendwann einmal, daß er selbst Robert Underhay sei?«
»Nein . . . nein, das habe ich nicht gehört.«
»Er sprach also von Robert Underhay, als ob dieser Robert Underhay ein anderer sei?«
»Ja, so war es.«
»Danke, ich wollte mir über diesen Punkt nur Klarheit verschaffen.«
Beatrice Lippincott wurde in Gnade aus dem Zeugenstand entlassen, und Rowley Cloade trat an ihre Stelle.
Er bestätigte, daß Beatrice Lippincott ihm von der Unterhaltung zwischen den beiden Männern berichtet hatte. Dann schilderte er seine eigene Unterredung mit dem Ermordeten.
»Seine letzten Worte zu Ihnen waren also: ›Ohne meine Mithilfe werden Sie kaum jemals einen Beweis liefern können‹, und das bezog sich auf einen Beweis dafür, daß Robert Underhay noch am Leben sei?«
Mr. Pebmarsh blickte Rowley streng an.
»Jawohl, das waren seine Worte. Und er lachte dazu.«

»Um welche Zeit verließen Sie Mr. Arden?«
»Es muß ungefähr fünf Minuten vor neun gewesen sein.«
»Woher wissen Sie die Zeit so genau?«
»Als ich den ›Hirschen‹ verließ und am Haus entlanggging, hörte ich durchs Fenster gerade den Glockenton, der immer vor den Nachrichten durchgegeben wird.«
»Erwähnte Mr. Arden, zu welcher Zeit er den anderen Besucher erwartete?«
»Nein, er sprach nur vom gleichen Abend.«
»Ein Name fiel nicht?«
»Nein.«
Als nächster wurde David Hunter aufgerufen. Alle Köpfe reckten sich, als der trotzig dreinblickende junge Mann den Zeugenstand betrat.
Die stets gleichen Fragen nach Name, Stand, Alter und Wohnort waren schnell beantwortet.
»Sie suchten den Ermordeten am Sonnabend abend auf?«
»Ja. Er wandte sich brieflich an mich, behauptete, daß er meinen verstorbenen Schwager in Afrika gekannt habe, und bat um Unterstützung.«
»Haben Sie diesen Brief bei sich?«
»Ich habe ihn überhaupt nicht mehr. Ich hebe niemals Briefe auf.«
»Sie haben Beatrice Lippincotts Schilderung Ihres Gesprächs mit dem Fremden gehört. Entspricht diese Wiedergabe der Wahrheit?«
»Absolut nicht. Der Fremde behauptete, meinen verstorbenen Schwager gekannt zu haben, klagte im übrigen über sein Pech und bat um eine Unterstützung, die er – das sagen sie ja alle – ganz bestimmt zurückzahlen werde.«
»Teilte er Ihnen mit, daß Robert Underhay noch am Leben sei?«
David lächelte.
»Im Gegenteil. Er sagte: ›Wenn Robert noch am Leben wäre, würde er mir helfen. Das weiß ich genau.‹«
»Ihre Wiedergabe unterscheidet sich aber wesentlich von Miss Lippincotts Schilderung des Gesprächs.«

»Lauscher fangen gewöhnlich nur einen Teil des Gesprächs auf, verstehen dann nicht recht, worum es geht, und füllen die Lücken mit Produkten der eigenen blühenden Phantasie.«
»Das ist doch . . .«, fuhr Beatrice wütend auf, doch der Coroner ließ sie nicht zu Wort kommen.
»Ruhe im Saal!« donnerte er.
»Suchten Sie den Fremden am Dienstag abend noch mal auf, Mr. Hunter?« ging das Verhör weiter.
»Nein.«
»Sie haben gehört, daß Mr. Rowley Cloade ausgesagt hat, Mr. Arden habe noch einen Besucher erwartet.«
»Sehr gut möglich, aber ich war dieser Besucher nicht. Ich hatte ihm schon eine Fünfernote gegeben und fand, damit sei die Sache erledigt. Schließlich hatte ich nicht einmal einen Beweis dafür, daß er meinen Schwager Underhay überhaupt gekannt hat. Seit meine Schwester das Vermögen ihres zweiten Gatten geerbt hat, ist sie die Zielscheibe sämtlicher Bittsteller dieser Gegend gewesen.«
Mit vielsagender Langsamkeit ließ er seinen Blick über die versammelten Cloades wandern.
»Wo befanden Sie sich am Dienstag abend, Mr. Hunter?«
»Finden Sie es heraus, wenn Sie es wissen wollen«, war die patzige Antwort.
»Mr. Hunter!« Der Coroner klopfte auf den Tisch. »Wenn Sie diese Haltung einnehmen, so lassen Sie sich gesagt sein, daß Sie unter Umständen sehr bald vor einem Gericht stehen werden, dem Sie Antwort zu erteilen gesetzlich verpflichtet sind.«
Ärgerlich griff Mr. Pebmarsh nach dem Feuerzeug vor sich.
»Kennen Sie das?« fragte er barsch.
David beugte sich vor und nahm das Feuerzeug entgegen. Er betrachtete es einen Augenblick verwirrt und gab es dann wieder zurück.
»Es gehört mir«, gab er zu.
»Wo und wann hatten Sie es zuletzt?«
»Ich vermißte es –«

Er stutzte mitten im Satz.
»Ja?« drängte der Richter.
»Am Freitag benutzte ich es zum letzten Mal, soweit ich mich erinnere. Freitag morgen. Seither habe ich es nicht mehr in Händen gehabt.«
Major Porter war der nächste. Mit steifen Beinen stelzte er vor und stellte sich mit durchgedrückter Brust in Positur, durch und durch eine soldatische Erscheinung. Nur die Art, wie er wiederholt die Lippen mit der Zunge befeuchtete, verriet seine Nervosität.
Den Beginn der Einvernahme machte wie jedesmal die Frage nach den Personalien.
»Wo und wann lernten Sie Robert Underhay kennen?«
Major Porter bellte seine Antwort in militärischer Knappheit heraus.
»Sie haben die Leiche in Augenschein genommen?«
»Jawohl.«
»Sind Sie imstande, die Leiche zu identifizieren?«
»Jawohl. Der Tote ist Robert Underhay.«
Ein Raunen ging durch den Saal.
»Sie hegen nicht den geringsten Zweifel an dieser Tatsache?«
»Nicht den geringsten Zweifel«, echote der Major.
»Ein Irrtum ist ausgeschlossen?«
»Ausgeschlossen.«
»Danke, Major Porter. Und nun Mrs. Gordon Cloade, bitte.«
Rosaleen erhob sich. Als der Major und sie aneinander vorbeigingen, würdigte sie ihn keines Blickes, während er sie neugierig betrachtete.
»Sie haben in Gegenwart von Inspektor Spence die Leiche in Augenschein genommen, Mrs. Cloade?«
»Ja.«
Ein Schauder rannte über Rosaleens Körper.
»Sie erklärten, der Mann sei Ihnen unbekannt.«
»Ja.«
»Hegen Sie nach Major Porters eben gemachter Aussage den Wunsch, Ihre Erklärung zu berichtigen oder zurückzuziehen?«

»Nein.«
»Sie bleiben dabei, daß es sich bei dem Toten nicht um Ihren ersten Mann, Robert Underhay, handelt?«
»Es war nicht mein Mann. Es war ein völlig Fremder.«
»Aber wie ist das möglich, wo Major Porter in dem Toten seinen Freund Robert Underhay erkannt hat?«
»Major Porter irrt sich«, erwiderte Rosaleen ruhig und ohne jede sichtbare Gemütsbewegung.
»Sie stehen nicht unter Eid, Mrs. Cloade, aber voraussichtlich werden Sie binnen kurzem vor einem anderen Gerichtshof unter Eid aussagen müssen. Sind Sie bereit zu schwören, daß es sich bei dem Ermordeten um einen Ihnen gänzlich unbekannten Mann und nicht um Ihren ersten Gatten handelt?«
»Ich bin bereit zu beschwören, daß es nicht die Leiche meines ersten Gatten, sondern die eines mir völlig unbekannten Mannes ist«, bestätigte Rosaleen ausdruckslos.
Sie sprach klar und ohne zu zögern. Ihre Augen wichen dem Blick des Coroners nicht aus.
Mr. Pebmarsh nahm die Brille von der Nase. Er hieß Rosaleen, sich wieder zu setzen, und wandte sich den Geschworenen zu.
Über die Todesart des Mannes bestand kein Zweifel. Es war weder Selbstmord noch Unfall. Hier liegt glatter Mord vor. Umstritten war nur noch die Person des Toten. Ein Mann von untadeligem Charakter und tadellosem Ruf, ein Mann, auf dessen Wort man sich verlassen konnte, hatte erklärt, es handle sich um Robert Underhay. Andrerseits hatten die Behörden seinerzeit den Tod Robert Underhays als genügend bewiesen erachtet und nicht gezögert, sein Hinscheiden in die amtlichen Bücher einzutragen. Im Widerspruch zu Major Porters Aussage behauptet die Witwe Robert Underhays, die jetzige Mrs. Gordon Cloade, daß der Tote ein Fremder und nicht ihr erster Ehemann sei. Aussage stand also gegen Aussage. Abgesehen von der Frage der Identität des Mannes würde es den Geschworenen nun obliegen, darüber zu entscheiden, wer als Täter in Betracht kam. Man dürfe sich nicht

von gefühlsmäßigen Eindrücken beeinflussen lassen, erklärte Pebmarsh. Zu einer Anklageerhebung gehörten Indizien der Täterschaft, Motive und Nachweis der Gelegenheit zur Vollbringung der Tat. Falls sich weder durch Zeugenaussagen noch andere Hinweise die Schuld einer bestimmten Person erhärten ließ, müßte man zu dem Schluß kommen: Mord, begangen von einem Unbekannten. Ein so lautendes Verdikt überließ es der Polizei, den Täter aufzuspüren.
Nach erfolgter Belehrung zogen sich die Geschworenen zur Beratung zurück.
Sie brauchten nur eine Dreiviertelstunde.
Ihr Spruch lautete: Anklage gegen David Hunter wegen vorsätzlichen Mordes.

23

Nach der Verhandlung trafen sich Inspektor Spence und Hercule Poirot.
»Ich weiß nicht, was ich von diesem Hunter halten soll«, gestand der Inspektor. »Ich habe schon häufig mit Leuten seines Schlags zu tun gehabt. Sind sie schuldig, benehmen sie sich so, daß man jeden Eid auf ihre Unschuld schwören möchte, und haben sie ein reines Gewissen, führen sie sich auf, als seien sie das verkörperte Verbrechen.«
»Sie halten ihn für schuldig?« erkundigte sich Poirot.
»Sie nicht?« fragte Spence.
»Ich wüßte gern, was Sie gegen ihn in der Hand haben«, gab der Belgier zurück.
»Indizien meinen Sie, die einer gerichtlichen Untersuchung standhalten?«
Poirot nickte.
»Das Feuerzeug zum Beispiel.«
»Wo wurde es gefunden?«
»Unter dem Toten.«
»Fingerabdrücke.«

»Keine.«
»Ah«, machte Poirot.
»Ja, das gefällt mir auch nicht«, gestand Spence.
»Außerdem war die Uhr des Toten um zehn Minuten nach neun stehengeblieben. Das stimmt mit den Aussagen der Ärzte hinsichtlich der Todeszeit überein. Dazu kommt Rowley Cloades Erklärung, Arden habe noch Besuch erwartet.«
Poirot nickte.
»Ja, es fügt sich alles sehr schön zueinander.«
»Was mir nicht aus dem Kopf will, Monsieur Poirot, ist, daß Hunter – und seine Schwester – die einzigen sind, die ein Motiv haben. Es gibt nur zwei Möglichkeiten: Entweder hat David Hunter diesen Underhay ermordet, oder die Tat ist von jemandem begangen worden, der ihm hierher gefolgt ist und ihm auflauerte aus einem Grund, von dem wir nichts ahnen. Aber diese zweite Möglichkeit erscheint mir sehr weit hergeholt.«
»Das ist auch meine Meinung.«
»Wer in Warmsley Vale sollte irgendeinen Groll gegen Robert Underhay hegen? Nur David Hunter und seine Schwester kannten ihn überhaupt. Es sei denn, es gibt jemanden in der Nachbarschaft, der mit Underhay in Verbindung stand. Das wäre ein Zufall, und völlig darf man auch Zufälle nicht ausschließen. Doch bis jetzt hat sich nicht die kleinste Andeutung für das Bestehen solcher Beziehungen entdecken lassen. Für die Familie Cloade mußte dieser Underhay ein mit aller erdenklicher Rücksicht zu behandelnder Zeuge sein. Der lebende Underhay bedeutete für die Cloades ein Riesenvermögen.«
»Ich bin ganz Ihrer Meinung, *mon ami*«, versicherte Poirot. »Die Familie Cloade braucht Robert Underhay, den lebenden Robert Underhay.«
»Was die Aussage von Beatrice Lippincott betrifft, so kann man sich, meiner Meinung nach, darauf verlassen«, fuhr der Inspektor fort. »Sie hat vermutlich dieses und jenes dazugedichtet, aber im großen und ganzen wird die Unterhaltung

zwischen den beiden Männern so verlaufen sein, wie sie es gehört zu haben behauptet. Schließlich wußte sie doch von den erwähnten Dingen nichts. Wie soll sie sich das alles ausgedacht haben? Nein, ich traue eher ihrer Aussage als der David Hunters.«
»Auch in diesem Punkt gebe ich Ihnen recht.«
»Außerdem haben wir eine Bestätigung für Beatrice Lippincotts Behauptung. Was meinen Sie, weshalb Hunter und seine Schwester so schnell nach London fuhren, nachdem der Fremde im Dorf aufgetaucht war?«
»Das ist eine der Fragen, die mich am meisten interessieren.«
»Die finanzielle Lage Mrs. Cloades ist so, daß sie das Kapital ihres verstorbenen Mannes nicht anrühren darf, nur die Nutznießung des Kapitals steht ihr zu, darüber hinaus höchstens tausend Pfund oder so. Aber sie hat viel Schmuck, wertvollen Schmuck. Und das erste, was sie nach ihrer Ankunft in London tat, war, in die Bond Street laufen und ihre Juwelen verkaufen. Sie brauchte also schnell eine größere Summe Geld. Mit anderen Worten: Sie mußte einem Erpresser den Mund stopfen.«
»Und Sie betrachten diese Tatsache als Beweis?« fragte Poirot.
»Natürlich. Sie etwa nicht?«
»Nein.« Poirot schüttelte den Kopf. »Eine Erpressung lag offensichtlich vor. Den Beweis dafür sehe ich als erbracht an. Aber der Vorsatz, einen Mord zu begehen? Nein, *mon ami.* Sie können entweder das eine annehmen oder das andere. Beides zusammen widerspricht sich. Entweder war der junge Mann bereit, dem Erpresser das verlangte Geld zu zahlen, oder er faßte den Entschluß, den Mann unschädlich zu machen. Ihre Nachforschungen haben den Beweis dafür geliefert, daß er zu zahlen bereit war.«
»Das stimmt, aber vielleicht hat er seine Absicht geändert.«
Poirot zuckte zweifelnd die Achseln.
»Sie nehmen großes Interesse an diesem Fall, Monsieur Poirot«, meinte der Inspektor. »Darf ich fragen, wieso?«
»Ehrlich gesagt –« Hercule Poirot streckte seine Arme in

einer etwas pathetischen Geste aus – »weiß ich das selbst nicht so genau. Sie erinnern sich, daß ich Ihnen erzählte, wie ich in einem Club zufällig anwesend war, als Major Porter die Cloades und diesen Robert Underhay erwähnte?«

Spence nickte.

»Damals dachte ich: eine interessante Situation. Wer weiß, ob daraus nicht eines Tages etwas entsteht.«

»Und das Unerwartete ist eingetroffen, wie?« fügte der Inspektor hinzu.

»Nein, das Erwartete«, verbesserte Poirot ihn.

»Haben Sie denn einen Mord erwartet?« forschte Spence ungläubig.

»Nein, nein, natürlich keinen Mord«, wehrte Poirot ab. »Aber nehmen Sie die Tatsachen: Eine Frau heiratet zum zweiten Mal. Die Möglichkeit besteht, daß der erste Mann noch lebt. Und *voilà* – er lebt. Die Möglichkeit besteht, daß er eines Tages auftaucht. *Voilà* – er taucht auf. Die Möglichkeit besteht, daß eine Epressung versucht wird. *Voilà* – die Erpressung findet statt. Die Möglichkeit besteht, daß man den Erpresser zum Schweigen bringen möchte. Und *voilà* – er wird umgebracht.«

»Tja«, meinte Spence zweifelnd. »Das sieht doch alles nach dem Schema-F-Mordfall aus. Erpressung, aus der sich ein Mord ergibt.«

»Und Sie finden das nicht interessant?« erkundigte sich Poirot. »Solange es sich wirklich nur um den gewöhnlichen Schema-F-Mordfall handelt, haben Sie recht. Aber in diesem Fall liegen die Dinge anders, und das macht die Sache so überaus interessant. Nichts stimmt bei diesem Mord.«

»Nichts stimmt? Was meinen Sie damit?«

»Wie soll ich mich ausdrücken?« Poirot suchte nach Worten. »Das Muster ist falsch, es ist verzerrt.«

»Das müssen Sie mir erklären«, sagte Spence geradeheraus. »Da komme ich nicht mit.«

»Nun, nehmen wir einmal den Toten. Es fängt schon mit ihm an, denn mit ihm stimmt etwas nicht.«

Spence machte ein zweifelndes Gesicht.

»Haben Sie denn nicht auch das Gefühl, daß mit dem Mann etwas nicht in Ordnung war?« fragte Poirot. »Aber machen wir weiter. Möglich, daß ich die Dinge in einem eigenen Licht sehe. Underhay taucht im ›Hirschen‹ auf. Er schreibt einen Brief an Hunter. Hunter erhält diesen Brief am nächsten Morgen beim Frühstück. Und was ist seine unmittelbare Reaktion? Er schickt seine Schwester Hals über Kopf nach London.«

»Dabei kann ich nichts weiter finden«, meinte Spence. »Hunter schickte seine Schwester weg, um sie aus dem Weg zu haben und allein mit Underhay verhandeln zu können.«

»Schön, lassen wir sein Motiv für dieses plötzliche Wegschikken der Schwester aus dem Spiel. Hunter sucht Enoch Arden auf, und aus dem Bericht Beatrice Lippincotts über das belauschte Gespräch wissen wir eindeutig, daß David Hunter nicht sicher war, ob der Mann, mit dem er sprach, Robert Underhay war oder nicht. Er *vermutete* es, *wußte* es aber nicht.«

»Sie finden es sonderbar«, hakte Inspektor Spence ein, »daß dieser Enoch Arden nicht rundheraus sagte: ›Ich bin Robert Underhay‹, ja? Aber auch das läßt sich erklären. Wenn anständige Leute sich dazu verleiten lassen, ein krummes Ding zu drehen, verzichten sie gern darauf, ihren richtigen Namen zu nennen. Das ist die menschliche Natur.«

»Die menschliche Natur, jawohl«, wiederholte Poirot. »Das ist wahrscheinlich die beste Antwort auf die Frage, was mich an diesem Fall so interessiert. Ich habe mir während der Verhandlung die Anwesenden in Ruhe betrachtet. Nehmen wir zum Beispiel die Cloades. Da saßen sie alle beisammen, eine Familie, verbunden durch die gleichen Interessen und doch so grundverschieden in ihren Charakteren, Gedanken und Lebensauffassungen. Und sie alle verließen sich jahraus, jahrein auf den starken Mann, auf Gordon Cloade. Sie klammerten sich an ihn. Und was geschieht, Inspektor Spence, wenn die Eiche, um die sich der Efeu gerankt hat, plötzlich gefällt wird?«

»Die Frage schlägt nicht in mein Fach«, wehrte der Inspektor lächelnd ab.

»Ich glaube doch. Charakter, *mon ami,* ist nichts Feststehendes, Unwandelbares. Ein Charakter kann erstarken, aber auch schwach werden. Wie der Charakter eines Menschen in Wahrheit beschaffen ist, tritt erst zutage, wenn eine Prüfung an ihn herantritt. Wenn ein Mensch auf sich selbst gestellt ist, dann erweist sich erst, ob er stark oder schwach ist.«
»Ich weiß nicht recht, worauf Sie hinauswollen.« Spence sah etwas verwirrt drein. »Die Cloades machen alle einen guten Eindruck auf mich. Es ist eine anständige Familie, und Sie werden sehen, wenn der Prozeß erst vorbei ist, werden sie alle tadellos dastehen.«
»Wir haben immer noch Mrs. Gordon Cloades Aussage«, fuhr Poirot fort. »Schließlich ist anzunehmen, daß eine Frau ihren eigenen Mann erkennt, wenn sie ihn sieht.«
Er blinzelte zu dem ihn überragenden Inspektor auf.
»Wenn ein Millionenvermögen auf dem Spiel steht, lohnt sich's vielleicht für eine Frau, ihren Mann nicht zu erkennen«, gab Spence zurück. »Und außerdem – wenn der Mann nicht Robert Underhay war, warum wurde er dann ermordet?«
»Das ist eben die große Frage«, murmelte Hercule Poirot.

24

Als Poirot am Abend dieses Tages in den »Hirschen« zurückkehrte, blies ein scharfer Ostwind. Fröstelnd betrat der Detektiv die – wie stets – verlassen und öde daliegende Halle. Er stieß die Tür zum Salon auf, aber das nur noch glimmende Feuer im Kamin und der unangenehme Geruch erkalteter Zigarrenasche waren wenig verlockend.
Poirot durchschritt die Halle und öffnete die Tür mit der Aufschrift: »Nur für Gäste.« Hier knisterte ein behagliches Feuer im Kamin, aber in einem der Sessel hatte sich eine alte Dame von achtunggebietendem Umfang niedergelassen, und der empörte Blick, den sie dem Eindringling zuwarf, war

so durchdringend, daß Poirot sich nur widerstrebend näherte.
»Dieser Salon ist für die Gäste des Hotels reserviert«, belehrte sie ihn mit zürnender Stimme.
»Ich gehöre zu den Gästen des Hotels«, klärte Poirot sie höflich auf.
Die alte Dame überdachte das Gehörte einen Augenblick, bevor sie ihre Attacke wiederaufnahm.
»Sie sind ein Ausländer«, war ihre nächste, keineswegs freundliche Feststellung.
»Jawohl.«
»Meiner Meinung nach sollten sie alle zurückgehen«, trompetete die alte Dame.
»Zurückgehen? Wohin?« erkundigte sich Poirot verständnislos.
»Dorthin, woher sie gekommen sind.«
Und mit etwas gedämpfter Stimme und verächtlich heruntergezogenen Mundwinkeln fügte sie hinzu:
»Ausländer!«
»Das dürfte schwer sein.«
Poirot behielt seinen zurückhaltend höflichen Ton bei.
»Unsinn«, wies die alte Dame ihn zurecht. »Dafür haben wir schließlich den Krieg geführt. Dafür haben wir gekämpft, daß jeder wieder dahin zurückgeht, wohin er gehört, und dort bleibt.«
Poirot verzichtete auf eine Diskussion über dieses heißumstrittene Thema. Er hatte längst festgestellt, daß jeder eine andere Auffassung darüber hatte, »wofür der Krieg ausgefochten« worden war.
Ein Weilchen herrschte ziemlich feindselig anmutendes Schweigen.
»Ich weiß nicht, wozu das alles noch führen soll«, nahm nach einiger Zeit die alte Dame das Gespräch wieder auf. »Ich komme jedes Jahr für einen Monat her. Mein Mann starb hier vor sechzehn Jahren. Er liegt hier begraben. Und sooft ich komme, ist es schlimmer bestellt um dieses Hotel. Das Essen ist bald ungenießbar. Wiener Schnitzel! Daß ich nicht

lache. Schnitzel! Das hat es früher nicht gegeben, solchen Firlefanz. Rumpsteak oder Filetsteak, aber nicht gehacktes Pferdefleisch!«
Poirot nickte in betrübtem Einverständnis.
Die alte Dame hüstelte und überließ sich dann mit ungezügelter Energie ihrem Ärger, froh, in Poirot einen Zuhörer gefunden zu haben.
»Und wie die Frauen heutzutage rumlaufen! In Hosen! Du lieber Himmel, sie würden darauf verzichten, könnten sie sich von hinten sehen. Und wie sie sich gebärden, es ist eine Schande. Laufen jedem Mannsbild nach, das sie nur von weitem sehen. Keine Röcke mehr, wie sich's gehört, kein ordentliches Benehmen mehr. Und was tragen sie auf dem Kopf? Keinen Hut, Gott bewahre, nein, irgendein buntes Stück Tuch wickeln sie sich um ihr gefärbtes Haar. Dazu schmieren sie sich Schminke ins Gesicht und lackieren sich nicht nur die Fingernägel, sondern auch noch die Fußnägel. Pfui Teufel! Als ich jung war, führte man sich anders auf.«
Poirot musterte die erzürnte, grauhaarige alte Dame verstohlen. Es schien ihm unvorstellbar, daß sie einmal jung gewesen sein sollte.
»Steckte doch neulich eines von diesen frechen Dingern den Kopf da zur Tür herein. Einen orangenen Schal um den Kopf geschlungen, Hosen an und das Gesicht ein einziger Farbfleck von Rouge und Puder. Ich hab ihr einen Blick zugeworfen! Nur einen Blick! Aber sie hat sofort verstanden und ist verschwunden.«
Ein Schnauben der Entrüstung wurde eingeschaltet. Dann ging es weiter.
»Sie gehörte nicht zu den Gästen des Hotels. Diese Sorte wohnt zum Glück noch nicht hier. Was hatte sie dann im Zimmer eines Mannes zu suchen, frage ich Sie? Widerlich ist das, jawohl. Ich habe mich bei der Lippincott beschwert, aber die ist nicht viel besser als der Rest. Die läuft eine Meile weit, wenn es um ein Mannsbild geht.«
Ein Anflug von Interesse erwachte in Poirot.

»Sie kam aus dem Zimmer eines Mannes?« erkundigte er sich.
Die alte Dame spann nur zu gern ihr Lieblingsthema weiter.
»Aus dem Zimmer eines Mannes, jawohl. Ich habe es mit meinen eigenen Augen gesehen. Aus Nummer 5.«
»Wann war das, Madame? Ich meine, an welchem Tag?«
»Am Tag, bevor die Geschichte mit dem Mord hier das Unterste zuoberst kehrte. Ich begreife nicht, wie so etwas in einem anständigen Hotel geschehen kann.«
»Und um welche Tageszeit war es?« forschte Poirot behutsam weiter.
»Tageszeit? Abend war es. Spät am Abend obendrein. Nach zehn Uhr. Ich bin meiner Sache ganz sicher, denn ich gehe jeden Abend um Viertel nach zehn zu Bett. Und an jenem Abend, gerade wie ich die Treppe hinaufgehe, kommt dieses Frauenzimmer aus Nummer 5 heraus, ohne sich im geringsten zu schämen. Starrt mich an, dreht sich dann um und unterhält sich mit dem Mann bei offener Tür.«
»Sie haben ihn gesehen oder sprechen gehört?«
»Gesehen nicht, aber gehört. ›Mach, daß du wegkommst, ich hab genug von dir.‹ Das hat er gesagt. Eine schöne Art, mit Frauen umzugehen, ist das, aber diese Sorte will ja nichts anderes.«
»Und Sie haben diese Beobachtung nicht der Polizei mitgeteilt?« fragte Poirot mit leisem Vorwurf.
Ächzend erhob sich die alte Dame. Poirot mit einem stählernen Blick abgrundtiefer Verachtung bedenkend, sagte sie:
»Ich habe noch nie etwas mit der Polizei zu tun gehabt. Ich und die Polizei!«
Zitternd vor Empörung, das Haupt stolz erhoben, verließ sie den Salon.
Poirot überließ sich ein Weilchen seinen Gedanken, bevor er sich aufmachte, um Beatrice Lippincott zu suchen.
»Sie meinen die alte Mrs. Leadbetter«, antwortete sie auf seine Frage nach der alten Dame. »Sie kommt jedes Jahr her. Ganz unter uns: Sie ist eine Plage. Sie stößt die anderen Gä-

ste manchmal schrecklich vor den Kopf mit ihrer rücksichtslosen Kritik. Und sie will einfach nicht einsehen, daß sich die Zeiten, und damit die Moden, geändert haben. Sie ist an die achtzig, da kann man natürlich auch nicht mehr viel Einsicht verlangen.«
»Aber sie ist noch bei klarem Verstand?«
»Klarer als einem manchmal lieb ist«, erwiderte Beatrice lachend.
»Wissen Sie, wer die junge Dame gewesen sein könnte, die den Ermordeten am Dienstag abend besucht hat?«
Beatrice sah ihn verständnislos an.
»Ich hatte keine Ahnung, daß Mr. Arden überhaupt Besuch von einer Dame bekommen hat. Wie sah sie aus?«
»Sie hatte einen orangefarbenen Turban um den Kopf geschlungen, trug Hosen und war ziemlich stark geschminkt, wenn ich recht unterrichtet bin. Sie muß am Dienstag abend um Viertel nach zehn bei Arden im Zimmer gewesen sein.«
»Ich habe wirklich keine Ahnung, Mr. Poirot.«
Hercule Poirot machte sich auf den Weg zu Inspektor Spence, den er von der neuen Entdeckung unterrichtete.
»Cherchez la femme«, sagte Spence. »Immer das gleiche.«
Er holte den Lippenstift hervor, der in Zimmer Nummer 5 gefunden worden war.
»Es sieht also doch so aus, als ob ein Außenseiter mit der Sache zu tun hat«, meinte er. »Dieser abendliche Besuch einer Frau schaltet David Hunter als Täter aus.«
»Wieso?« erkundigte sich Poirot.
»Der junge Mann hat sich endlich bequemt, über seinen Aufenthalt am fraglichen Tag Rechenschaft abzulegen«, erwiderte Spence. »Hier ist sein Bericht.«
Er reichte Poirot ein Blatt Papier.
Verließ London um 4 Uhr 16 mit dem Zug nach Warmsley Heath, hieß es da. *Ging über den Fußpfad nach Furrowbank.*
Er sei noch mal hergekommen, um ein paar Sachen, die er in Furrowbank vergessen hatte, zu holen«, warf der Inspektor erklärend ein. »Ein paar Briefe, sein Scheckbuch und etwas Wäsche.«

Verließ Furrowbank um 7 Uhr 52, bin dann spazierengegangen, da ich den 7-Uhr-20-Zug verpaßt hatte und der nächste Zug erst um 9 Uhr 20 ging.

»Welche Richtung schlug er bei seinem Spaziergang ein?« fragte Poirot.

Der Inspektor zog seine Notizen zu Rate und beschrieb dann die von David Hunter angegebene Route.

»Als er oben am Hügelkamm entlangspazierte, kam ihm zu Bewußtsein, daß er sich nun beeilen müsse, wollte er den späten Zug nicht auch noch verfehlen. Er rannte zum Bahnhof, erwischte den Zug gerade noch und kam um 10 Uhr 45 in London an. Um elf Uhr war er in seiner Londoner Wohnung, was von Mrs. Cloade bestätigt wird.«

»Und welche Bestätigung haben Sie für den Rest seiner Angaben?«

»Herzlich wenig. Rowley Cloade und einige andere sahen ihn in Warmsley Heath ankommen. Das Personal von Furrowbank hatte Ausgang. Er hatte natürlich seinen eigenen Schlüssel. Es sah ihn dort niemand, aber die Mädchen entdeckten später anscheinend einen Zigarettenstummel in der Bibliothek und fanden auch im Wäscheschrank eine unerklärliche Unordnung vor. Einer der Gärtner arbeitete noch spät im Garten und sah ihn von weitem. Und oben beim Wäldchen traf ihn Miss Marchmont, als er zum Bahnhof hinunterrannte.«

»Hat jemand ihn beim Einsteigen in den Zug gesehen?«

»Nein, aber er rief kurz nach seiner Ankunft in London von dort aus Miss Marchmont an. Um fünf Minuten nach elf.«

»Sie haben den Anruf kontrolliert?«

»Ja. Vier Minuten nach elf Uhr wurde Warmsley Vale Nummer 36 – das ist die Nummer der Marchmonts – von London aus verlangt.«

»Sehr interessant«, murmelte Poirot.

Spence hielt sich weiter an sein Notizbuch und ging methodisch alle Angaben durch.

»Rowley Cloade verließ Arden fünf Minuten vor neun. Zehn Minuten nach neun sieht Miss Marchmont David Hunter am Waldrand oben. Selbst wenn wir annehmen, daß er den ganzen Weg vom ›Hirschen‹ bis zum Waldrand hinauf gerannt ist, kann er nicht genügend Zeit gehabt haben, sich mit Arden zu streiten, ihn zu ermorden und dann noch zum Waldrand hinaufzulaufen. Aber abgesehen davon, stehen wir jetzt sowieso wieder am Anfang unserer Untersuchungen. Denn durch die Aussage der alten Dame wissen wir, daß Arden um zehn nach zehn noch am Leben war. Entweder wurde der Mord von der Frau mit dem orangenen Schal, die den Lippenstift verlor, begangen, oder es ist ein uns noch Unbekannter bei Arden eingedrungen, nachdem die Frau ihn verlassen hatte. Wer es auch gewesen sein mag, er hat jedenfalls die Zeiger der Armbanduhr absichtlich zurückgestellt auf zehn Minuten nach neun.«

»Eine Tatsache, die für David Hunter außerordentlich belastend geworden wäre, hätte er nicht das Glück gehabt, auf dem Weg zum Bahnhof Lynn Marchmont zu treffen. Andere Zeugen hätte er nicht gehabt«, warf Poirot ein.

»Woran denken Sie, Monsieur Poirot?« fragte Spence, von seinen Notizen aufblickend.

»Eine Begegnung am Waldrand ... später ein Telefonanruf ... und Lynn Marchmont ist mit Rowley Cloade verlobt ... Ich gäbe viel darum, wüßte ich, was in diesem Telefongespräch gesagt wurde.«

25

Obwohl es spät geworden war, beschloß Hercule Poirot, noch einen Besuch zu machen.

Er lenkte seine Schritte Jeremy Cloades Haus zu.

Das Mädchen führte ihn in das Arbeitszimmer des Hausherrn.

Allein gelassen, blickte Poirot sich um. Auf dem Schreibtisch stand ein großes Bild Gordon Cloades. Daneben befand sich eine bereits etwas verblaßte Fotografie Lord Edward Tren-

tons zu Pferde. Poirot studierte gerade Lord Trentons Gesichtszüge, als Jeremy Cloade das Zimmer betrat.
»Verzeihung.«
Poirot stellte das Bild zurück.
»Der Vater meiner Frau«, erklärte Jeremy Cloade, nicht ohne leisen Stolz in der Stimme. »Aber womit kann ich Ihnen dienen?«
Er deutete auf einen Sessel, und Poirot nahm Platz.
»Ich wollte Sie fragen, Mr. Cloade, ob Sie ganz sicher sind, daß Ihr Bruder kein Testament hinterlassen hat?«
»Ich halte es für ausgeschlossen, Monsieur Poirot. Man hat nichts gefunden. Gordon pflegte alle wichtigen Papiere in seinem Büro aufzubewahren, und dort ist alles genau untersucht worden. Das Wohnhaus selbst ist ja beinahe ganz zerstört worden beim Angriff.«
»Aber es könnte immerhin möglich sein, daß sich in den Trümmern noch etwas findet. Man sollte Nachforschungen anstellen. Ich würde es begrüßen, wenn Sie mich ermächtigten, die erforderlichen Schritte zu unternehmen, Mr. Cloade.«
»Natürlich, natürlich«, beeilte sich Jeremy Cloade zu versichern. »Sehr freundlich von Ihnen, sich dieser Aufgabe unterziehen zu wollen. Nur fürchte ich, Ihre Mühe wird von keinem Erfolg gekrönt sein. Aber immerhin . . . Sie beabsichtigen also, nach London zurückzukehren?«
Poirots Lider senkten sich über die Augen, bis diese nur noch schmale Schlitze waren. Ein sonderbarer Eifer hatte in Jeremy Cloades Stimme mitgeschwungen. Schon während einer kurzen Unterhaltung mit Rowley Cloade war ihm aufgefallen, daß es der Familie Cloade anscheinend nicht recht war, daß er, Poirot, sich noch immer in Warmsley Vale aufhielt. Sie hatten ihn gerufen, doch jetzt wünschten sie ihn offensichtlich so schnell wie möglich wieder weg. Was steckte dahinter?
Bevor er auf Jeremys Frage antworten konnte, öffnete sich die Tür, und Frances Cloade trat ein.
Zwei Dinge fielen Poirot sofort auf. Erstens, daß Frances

Cloade schlecht aussah, und zweitens, daß sie ihrem Vater sehr ähnelte.
»Monsieur Poirot stattet uns einen Besuch ab, meine Liebe«, teilte Jeremy Cloade völlig überflüssigerweise mit.
Er berichtete seiner Frau von Poirots Plan, in London nach einem eventuell doch vorhandenen Testament zu forschen.
»Ich halte jede Suche für aussichtslos«, meinte Frances.
»Wenn ich recht unterrichtet bin, war Major Porter dem Luftschutz in dieser Gegend Londons zugeteilt«, warf Poirot ein.
Ein sonderbarer Ausdruck trat in Mrs. Cloades Augen.
»Wer ist eigentlich dieser Major Porter?« erkundigte sie sich.
»Ein pensionierter Offizier.«
»War er wirklich in Afrika?«
Poirot warf ihr einen verwunderten Blick zu.
»Natürlich, Madame. Wieso sollte er nicht dort gewesen sein?«
»Ach, nur so«, erwiderte Frances Cloade geistesabwesend, »Jeremy, ich habe mir überlegt, daß Rosaleen Cloade sich furchtbar einsam in Furrowbank fühlen muß. Hast du etwas dagegen, daß ich sie auffordere, zu uns zu ziehen?«
»Bist du der Meinung, daß das ratsam wäre?« meinte Jeremy zweifelnd.
»Ratsam? Mein Gott, ich weiß nicht. Aber sie ist ein so hilfloses Geschöpf. Man muß ihr doch beistehen.«
Ruhig erwiderte der Anwalt.
»Wenn es dich glücklicher macht, meine Liebe.«
»Glücklicher!« entfuhr es Frances.
»Ich werde mich jetzt verabschieden.«
Hercule Poirot erhob sich.
»Sie fahren jetzt gleich nach London zurück?« fragte Frances, ihn in die Halle begleitend.
»Morgen. Aber nur für vierundzwanzig Stunden, dann kehre ich hierher – in den ›Hirschen‹ – zurück, wo Sie mich jederzeit finden können, Madame, falls Sie mich brauchen.«
»Wieso sollte ich Sie brauchen?« kam es scharf von Frances' Lippen.
Poirot antwortete nicht auf die Frage. Er wiederholte nur:

»Sie finden mich im ›Hirschen‹.«
Später in der Nacht sagte Frances Cloade zu ihrem Mann:
»Was sollen wir nur tun, Jeremy? Was sollen wir nur tun?«
Es verging ein Weilchen, bevor Jeremy Cloade leise entgegnete:
»Es gibt nur einen Ausweg, Frances.«

26

Versehen mit der Vollmacht Jeremy Cloades hatte Poirot in London alle Auskünfte erhalten, an denen ihm lag. Sie ließen wenig Hoffnung. Das Haus, in dem Gordon Cloade umgekommen war, lag in Trümmern. Außer Mrs. Cloade und David Hunter hatte keiner der Bewohner den Bombenangriff überlebt. Drei Dienstboten hatten sich außer der Familie im Haus befunden: Frederick Game, Elisabeth Game und Eileen Corrigan. Alle drei waren auf der Stelle tot gewesen. Gordon Cloade wurde noch lebend geborgen, starb aber auf dem Weg ins Krankenhaus, ohne das Bewußtsein wiedererlangt zu haben. Poirot notierte sich die Namen und Adressen je eines nahen Verwandten der drei Dienstboten.
»Möglich, daß sich auf diesem Weg der Hinweis finden läßt, nach dem ich suche.«
Der Beamte, an den Poirot sich gewandt hatte, schüttelte zweifelnd den Kopf. Das Ehepaar Games stammte aus Dorset, Eileen Corrigan kam aus Irland.
Poirots nächstes Ziel war Major Porters Wohnung.
Doch als er um die Ecke der Edge Street bog, bemerkte er voller Bestürzung einen postenstehenden Polizisten vor dem Haus, welches das Ziel seiner Schritte war.
Der Polizist hinderte Poirot am Eintreten.
»Nichts zu machen, Sir.«
»Was ist denn passiert?«
»Sie wohnen doch nicht hier?« fragte der Polizist statt einer Antwort. »Wen wollen Sie denn besuchen?«

»Major Porter.«
»Sind Sie ein Verwandter oder Freund des Majors?«
»Nein, kein Verwandter, und als ein Freund würde ich mich auch nicht gerade bezeichnen. Aber was sollen diese Fragen?«
»Der Major hat sich erschossen, soviel ich weiß. Ah, da ist der Inspektor.«
Die Tür hatte sich geöffnet; zwei Herren betraten die Straße. Der eine mußte der Inspektor des zuständigen Bezirks sein, im anderen erkannte Poirot Sergeant Graves von Warmsley Vale. Graves erkannte Poirot ebenfalls und machte ihn mit dem zuständigen Inspektor bekannt.
Zu dritt gingen sie ins Haus zurück.
»Sie haben uns in Warmsley Vale angerufen, und Inspektor Spence hat mich hergeschickt«, erklärte Graves.
»Selbstmord?«
»Ja. Ziemlich klarer Fall. Hat sich wohl die Gerichtsverhandlung und das ganze Drum und Dran zu sehr zu Herzen genommen. Außerdem soll er in finanziellen Schwierigkeiten gewesen sein. Na, wie's so ist. Eines kommt zum anderen. Mit seinem eigenen Armeerevolver hat er sich erschossen.«
»Ist es erlaubt hinaufzugehen?« fragte Poirot.
»Wenn Ihnen daran liegt. Führen Sie Monsieur Poirot hinauf, Sergeant«, ordnete der Inspektor an.
Graves ging die Treppe voran zu dem im ersten Stock gelegenen Zimmer.
»Vor ein paar Stunden muß es passiert sein«, berichtete er. »Niemand hat's gehört. Die Vermieterin war gerade einkaufen.«
Poirot sah nachdenklich auf die stumme Gestalt im Sessel.
»Können Sie sich erklären, wieso er das getan hat?« forschte Graves respektvoll.
Poirot erwiderte geistesabwesend:
»Ja, natürlich. Er hatte einen guten Grund. Da liegt die Schwierigkeit nicht.«
Der Meisterdetektiv trat an einen Schreibtisch, dessen Rolldeckel offen war. Er war tadellos aufgeräumt. In der Mitte

stand ein Tintenlöscher, davor ein Schälchen mit einem Federhalter und zwei Bleistiften. Rechts lag ein Schächtelchen mit Büroklammern und ein Markenheft. Alles war am Platz und wie es sich gehörte. Ein ordentliches Leben und ein ordentlicher Tod. Natürlich – das war es! Etwas fehlte.
Zu Graves gewandt, fragte Poirot:
»Hinterließ er keinen Brief? Kein Blatt Papier mit ein paar Zeilen?«
Graves schüttelte den Kopf. »Wir haben nichts gefunden. Wäre eigentlich zu erwarten gewesen von einem Mann wie dem Major.«
»Sonderbar. Sehr sonderbar«, murmelte Poirot.

27

Es war bereits acht Uhr vorbei, als Poirot wieder im »Hirschen« eintraf. Er fand eine Botschaft von Frances Cloade vor, in der sie ihn bat, sie aufzusuchen. Er machte sich sogleich auf den Weg.
Frances Cloade empfing ihren Besucher im Salon.
»Sie haben mir prophezeit, daß ich Sie brauchen würde, Monsieur Poirot, und Sie haben recht behalten. Es gibt etwas, was ich jemandem anvertrauen muß, und ich glaube, Sie sind die am ehesten geeignete Persönlichkeit, meine Geschichte zu hören.«
»Es ist stets leichter, Madame, sich jemandem anzuvertrauen, der mehr oder weniger ahnt, worum es geht.«
»Sie wissen, worüber ich reden will?«
Poirot nickte langsam.
»Und seit wann?«
»Seit ich die Fotografie Ihres Herrn Vater gesehen habe. Sie sehen sich sehr ähnlich. Ihre Verwandtschaft ist offenkundig. Und diese Familienähnlichkeit fand sich ebenso stark bei dem Fremden, der im ›Hirschen‹ ein Zimmer nahm und sich als Enoch Arden ins Fremdenbuch eintrug.«

Frances stieß einen bedrückten Seufzer aus.
»Sie haben es erraten. Obwohl der arme Charles einen Bart trug. Er war ein Vetter zweiten Grades von mir, Monsieur Poirot. Sehr nahe haben wir uns nie gestanden. Er war das schwarze Schaf der Familie. Und ich bin schuld an seinem Tod.«
Sie verfiel für einen Augenblick in Schweigen. Poirot drängte sanft:
»Wollen Sie mir nicht erzählen?«
Frances riß sich zusammen.
»Ja, es muß sein. Wir brauchten furchtbar dringend Geld. Damit begann alles. Mein Mann befindet sich in Schwierigkeiten, in sehr schlimmen Schwierigkeiten. Wir fürchteten, es könnte zu einer Verhaftung kommen. Aber eines möchte ich von vornherein klarmachen, Monsieur Poirot. Der Plan stammte von mir. Ich dachte ihn mir aus, und ich führte ihn durch. Meinem Mann wäre das alles viel zu riskant gewesen. Aber ich will der Reihe nach berichten.
Zuerst wandte ich mich an Rosaleen Cloade wegen eines Darlehens. Ich weiß nicht, ob sie es nicht gegeben hätte, aber ihr Bruder trat dazwischen. Er war an jenem Morgen besonders schlechter Laune und benahm sich ausfallender als gewöhnlich. Ausgesprochen frech, um es deutlich zu sagen. Und als mir später die Möglichkeit dieses Planes in den Sinn kam, hatte ich keine Bedenken, ihn auszuführen.
Ich überlegte, daß Zweifel am Tod Robert Underhays bestanden und daß man mit diesem Zweifel vielleicht etwas anfangen könnte. Mein Vetter Charles war mal wieder im Lande. Er war so ziemlich am Ende, hatte sogar im Gefängnis gesessen, glaube ich. Ich machte ihm meinen Vorschlag. Es war Erpressung, nichts anderes. Aber wir dachten, es würde uns gelingen. Schlimmstenfalls, überlegten wir, würde David Hunter eben nicht die verlangte Summe zahlen. Daß er zur Polizei gehen könnte, hielten wir für ausgeschlossen. Leute seines Schlages halten wenig von der Polizei und wollen lieber nichts mit ihr zu tun haben.
Es lief alles gut. Besser, als wir gehofft hatten. David kroch

ihm auf den Leim. Charles gab sich natürlich nicht direkt als Robert Underhay aus. Rosaleen hätte ihn ja jeden Moment entlarven können. Aber als sie zu unserem Glück nach London fuhr, wagte Charles es, ein bißchen deutlicher zu werden und die Möglichkeit anzudeuten, er sei vielleicht selbst Robert Underhay. Wie gesagt: David ging auf die Erpressung ein. Er versprach, am Dienstag abend mit dem Geld zu kommen. Statt dessen . . .«
Ihre Stimme brach zitternd ab.
»Wir hätten uns klarmachen müssen, daß David ein gefährlicher Mensch ist. Hätte ich nicht diese unglückselige Idee gehabt, wäre Charles noch am Leben. Nun ist er tot . . . ermordet, und ich bin schuld.«
»Immerhin packten Sie eine weitere Gelegenheit beim Schopf, die Komödie bis zum Ende zu führen. Sie überredeten Major Porter, Ihren Vetter als Robert Underhay zu ›erkennen‹.«
Frances fuhr heftig auf.
»Ich schwöre Ihnen, damit habe ich nichts zu tun. Niemand war erstaunter als ich . . . was heißt: erstaunter! Aus allen Wolken fielen wir, als Major Porter öffentlich erklärte, Charles – mein Vetter Charles! – sei Robert Underhay. Ich begriff es einfach nicht. Ich begreife es immer noch nicht.«
»Aber jemand muß Major Porter aufgesucht und überredet haben. Jemand hat ihn bestochen, den Toten als Robert Underhay zu identifizieren. Wissen Sie übrigens, daß Major Porter sich heute nachmittag erschossen hat?«
»Nein!« Frances fuhr zurück, die Augen weit aufgerissen vor Entsetzen. »Nein! O Gott!«
»Leider ist es so, Madame. Major Porter war im Grunde ein anständiger Mensch. Er befand sich in finanziellen Schwierigkeiten, und als die Versuchung an ihn herantrat, war er, wie so viele, zu schwach, ihr zu widerstehen. Wie wenig wohl er sich bei seiner Aussage vor Gericht fühlte, war ihm anzumerken. So weit hatte er sich bringen lassen. Doch nun sah die Situation anders aus. Ein Mensch war des Mordes angeklagt. Und von seiner Aussage über die Identität

des Ermordeten hing vielleicht das Schicksal des Angeklagten ab.
Er kehrte heim in seine Wohnung und schlug den Ausweg ein, der ihm als einziger möglich schien.«
Frances erhob sich und trat ans Fenster.
»Da stehen wir also wieder am Anfang«, meinte sie langsam.

28

Inspektor Spence wiederholte am folgenden Morgen beinahe wörtlich Frances Cloades Ausspruch:
»Da wären wir also wieder da, wo wir angefangen haben. Wir müssen herausfinden, wer dieser Enoch Arden in Wirklichkeit war.«
»Das kann ich Ihnen sagen, Inspektor«, meinte Poirot. »Sein richtiger Name war Charles Trenton.«
Der Inspektor blickte überrascht auf.
»Trenton? Einer von den Trentons? Warten Sie . . .«
Er dachte angestrengt nach und schien in seiner Erinnerung zu kramen.
»Ja, Charles Trenton. Er hatte allerhand auf dem Kerbholz. Zechpreller und Schuldenmacher.«
»Wie steht es mit Ihrer Anklage gegen David Hunter?« erkundigte sich Poirot.
»Wir werden ihn wohl laufenlassen müssen«, bekannte der Inspektor. »Es ist erwiesen, daß eine Frau nach zehn Uhr bei Arden war. Wir haben nicht nur die Aussage dieses alten Drachens im ›Hirschen‹, wir haben die Bestätigung von Jimmy Pierce. Er hatte im ›Hirschen‹ ein paar Gläser getrunken und machte sich kurz nach zehn Uhr auf den Heimweg. Er hatte eine Frau aus dem ›Hirschen‹ kommen und zur Telefonzelle gegenüber gehen sehen. Es sei niemand gewesen, den er kannte, sagte er, vermutlich ein Hotelgast, habe er sich gedacht. Ein Frauenzimmer sei es gewesen, das waren seine Worte.«

»Sah er sie aus der Nähe?«
»Er stand auf der anderen Straßenseite«, gab der Inspektor Auskunft. »Wer zum Teufel war diese Frau, Monsieur Poirot?«
»Konnte dieser Jimmy Pierce etwas über die Kleidung der Fremden aussagen?«
»Ja, seine Schilderung deckt sich mit der der alten Dame. Stark geschminkt, einen orangenen Schal um den Kopf und lange Hosen.«
Ein Weilchen herrschte Schweigen zwischen den beiden Männern. Hercule Poirot unterbrach es als erster.
»Es gibt noch mehr ungelöste Fragen in diesem Fall«, sagte er bedächtig. »Wieso läßt David Hunter sich so leicht erpressen? Es entspricht nicht seinem Charakter, gleich die Flinte ins Korn zu werfen. Dann haben wir da Rosaleen Cloade, deren Benehmen völlig unverständlich ist. Wovor hat sie solche Angst? Wieso befürchtet sie, sie sei in Gefahr, jetzt, wo ihr Bruder sie nicht mehr beschützen kann? Irgend etwas muß ihr diese Furcht eingeflößt haben. Sie zittert nicht um das Vermögen Gordon Cloades, nein, sie zittert um ihr Leben.«
»Lieber Himmel, Monsieur Poirot, Sie denken doch nicht etwa, daß –«
»Erinnern wir uns an das, was Sie eben selbst gesagt haben, Inspektor«, mahnte Poirot. »Wir stehen wieder da, wo wir angefangen haben. Genauer gesagt, die Cloades stehen wieder da, wo sie angefangen haben. Robert Underhay starb in Afrika. Und zwischen Gordon Cloades großem Vermögen und den lachenden Erben steht Rosaleen Cloade.«

29

Gemächlich spazierte Hercule Poirot die Hauptstraße entlang, doch strebte er nicht dem »Hirschen« zu, sondern lenkte seine Schritte dem weißen Haus zu, in dem Lynn Marchmont wohnte.

Es war ein herrlicher Tag, ein sommerlicher Frühlingsmorgen mit jener Frische, die dem Hochsommermorgen fehlt. Poirot bog in den Pfad ein, der zu Mrs. Marchmonts Haus führte. In einem Liegestuhl unter dem mächtigen Apfelbaum im Garten lag Lynn Marchmont.

Sie sprang erschrocken auf, als sie eine höfliche Stimme neben sich »guten Morgen« sagen hörte.

»Oh, haben Sie mich erschreckt, Monsieur Poirot. Sie sind also noch immer hier?«

»Ich bin noch immer hier – allerdings.«

»Bedeutet dies, daß Sie mit dem Gang der Dinge nicht zufrieden sind?« fragte Lynn mit hoffnungsfroher Stimme. »Ich meine, nicht zufrieden damit, daß man David eingesperrt hat?«

»Sie wünschen sich sehr, daß er unschuldig sein möge, nicht wahr?«

Hercule Poirots Stimme klang sanft.

»Ich will nur nicht, daß ein Unschuldiger gehängt wird«, wehrte Lynn ab. »Aber die Polizei ist voreingenommen. Weil er sich trotzig gebärdet, halten sie ihn für schuldig.«

»Sie tun der Polizei unrecht. Die Geschworenen fällten das Urteil: schuldig, also mußte die Polizei David Hunter in Haft nehmen. Aber ich kann Ihnen verraten, daß sie weit davon entfernt sind, sich mit der Lage abzufinden.«

»Sie lassen ihn vielleicht frei?«

Poirot zuckte vielsagend die Achseln.

»Wen verdächtigt man denn, Monsieur Poirot?«

»Man hat eine Frau in der betreffenden Nacht am Tatort gesehen.«

»Ich verstehe überhaupt nichts mehr«, rief Lynn aus. »Als wir glaubten, der Fremde sei Robert Underhay, schien alles so einfach. Warum hat dieser Major Porter denn behauptet, er sei Underhay, wenn er es gar nicht war? Und warum hat er sich erschossen? Wir sind wieder da, wo wir angefangen haben.«

»Sie sind jetzt schon der dritte Mensch, der das sagt«, stellte Poirot fest.

»Ja?« Sie schaute fragend zu dem Detektiv auf. »Was gedenken Sie zu tun, Monsieur Poirot?«
»Ich gedenke, nach Furrowbank hinaufzugehen, und ich möchte Sie auffordern, mich zu begleiten«, erwiderte Poirot, obwohl er sehr gut verstand, daß Lynn ihre Frage anders gemeint hatte.
»Nach Furrowbank? Ich war gestern oben und habe Rosaleen gefragt, ob ich ihr in irgendeiner Beziehung behilflich sein könnte. Sie hat mich angesehen und gesagt: ›Sie! Ausgerechnet Sie!‹ Ich glaube, sie haßt mich.«
»Zeigen Sie sich großmütig und verständnisvoll«, erwiderte Poirot. »Rosaleen Cloade tut mir leid. Ich würde ihr gern helfen. Selbst jetzt noch, wenn sie auf mich hören wollte –«
Mit einem plötzlichen Entschluß richtete er sich auf.
»Kommen Sie, Mademoiselle, gehen wir nach Furrowbank.«

30

Das Dienstmädchen empfing sie mit der Mitteilung, daß Madame noch nicht aufgestanden sei und sie daher nicht wisse, ob sie die Herrschaften zu empfangen wünsche.
Poirot blickte sich in dem Salon um. Er war teuer und gut eingerichtet, doch fehlte dem Raum jegliche persönliche Note.
Rosaleen Cloade hatte offensichtlich in Furrowbank gewohnt, wie ein Fremder in einem guten Hotel wohnt.
»Ob wohl auch die andere –«, murmelte Poirot, aber er vollendete den Satz nicht.
Das Mädchen kam ins Zimmer gerannt, Entsetzen in den Augen, und rief: »O Miss Marchmont, Madame liegt oben ... es ist schrecklich ... sie rührt sich nicht, und ich kann sie nicht wachkriegen, und ihre Hände sind so kalt.«
Ohne eine Sekunde zu verlieren, lief Poirot die Treppe hinauf. Lynn und das Mädchen folgten. Oben deutete das Mädchen auf eine der Türen.

Es war ein prachtvoll ausgestattetes Zimmer. Die Sonne schien hell durch die weit offenen Fenster herein und überglänzte die kostbaren pastellfarbenen Teppiche.
In dem großen geschnitzten Bett lag Rosaleen Cloade. Die langen Wimpern hoben sich von den blassen Wangen ab. Sie hielt ein zerknülltes Taschentuch in der Hand und sah aus wie ein trauriges Kind, das sich in den Schlaf geweint hat.
Poirot fühlte ihren Puls. Er sah seine Befürchtungen bestätigt.
»Sie muß im Schlaf gestorben sein«, sagte er leise zu Lynn. »Es scheint schon einige Zeit her zu sein.«
»Was sollen wir nur tun? Was sollen wir nur tun?« jammerte das Mädchen.
»Wer war ihr Arzt?« erkundigte sich Poirot kurz.
»Onkel Lionel«, antwortete Lynn.
»Rufen Sie Dr. Cloade an«, befahl er dem schluchzenden Mädchen, das sofort das Schlafzimmer verließ, um seine Anordnung auszuführen.
Poirot sah sich um. Auf dem Nachttisch lag eine weiße Schachtel mit der Aufschrift: »Allabendlich vor dem Schlafengehen ein Pulver.« Seine Hand vorsichtig mit seinem Taschentuch umwickelt, öffnete er das Schächtelchen. Drei Pulver waren übriggeblieben. Poirot wandte sich dem Schreibtisch zu. Der davorstehende Stuhl war beiseite geschoben, auf der Platte lag ein Bogen Papier, auf dem mit ungeschickter, kindlicher Hand geschrieben stand:
»Ich weiß nicht, was ich tun soll. Ich kann nicht mehr weiter. Ich bin schlecht. Ich muß mich einer Menschenseele anvertrauen, sonst komme ich nie mehr zur Ruhe. Ich wollte nichts Schlechtes tun. Ich habe nicht gewußt, daß es so werden wird. Ich muß es niederschreiben –«
Doch weiter war die Schreiberin nicht gekommen. Die Feder lag noch neben dem Papier, achtlos hingeworfen.
Lynn stand neben dem Bett, als die Tür aufgerissen wurde und David Hunter, atemlos vom schnellen Laufen, ins Zimmer stürzte.
»David! Hat man dich freigelassen? Ich bin so froh –«

Er beachtete sie überhaupt nicht, sondern eilte an ihr vorüber zum Bett.
»Rosa! Rosaleen!«
Er berührte die kalte Hand. Dann fuhr er wie ein Wahnsinniger herum und sprühte Lynn aus wutblitzenden Augen an.
»Habt ihr sie ermordet, ja? Habt ihr sie aus dem Weg geschafft? Mich hat man mit einer hinterlistigen, erlogenen Anklage ins Gefängnis gesteckt, um freies Spiel zu haben, und dann habt ihr euch verschworen und Rosaleen ermordet. Mörder!«
»Nein, David!« rief Lynn zitternd. »Wie kannst du das denken. Keiner von uns würde so etwas tun. Niemals.«
»Einer von euch hat sie ermordet, Lynn Marchmont«, fuhr David sie kalt an. »Und du weißt es so genau, wie ich es weiß.«
»Bevor sie sich letzte Nacht zu Bett begab, schrieb sie dies hier«, mischte sich Poirot ruhigen Tones ein und deutete auf den Schreibtisch.
David wandte sich sofort dem Briefbogen zu, aber Poirot warnte ihn noch rechtzeitig, das Papier nicht zu berühren. Die Hände hinter dem Rücken verschränkt, las David die wenigen Zeilen.
»Und wollen Sie vielleicht behaupten, sie hätte Selbstmord begangen?« rief er. »Weshalb hätte Rosaleen Selbstmord begehen sollen?«
Die Stimme, die die Frage beantwortete, gehörte nicht Poirot, sondern – Inspektor Spence.
Der Inspektor stand auf der Schwelle.
»Angenommen, Mrs. Cloade war letzten Dienstag nicht in London, sondern in Warmsley Vale? Angenommen, sie suchte den Mann auf, der versucht hatte, sie zu erpressen? Angenommen, sie ermordete ihn in einem Anfall hysterischer Wut?«
»Meine Schwester war letzten Dienstag in London«, entgegnete David heftig. »Sie befand sich in unserer dortigen Wohnung, als ich um elf Uhr heimkam.«
»Das behaupten Sie, Mr. Hunter«, sagte Spence. »Und ich

nehme an, daß Sie an dieser Geschichte festhalten werden. Aber niemand kann mich zwingen, sie zu glauben. Abgesehen davon« – er deutete auf das Bett –, »ist es zu spät. Der Fall wird nie vor Gericht kommen.«

31

»Er will es nicht zugeben«, sagte Inspektor Spence, »aber ich glaube, er weiß, daß sie den Mord begangen hat.«
Er blickte über seinen Schreibtisch hinweg Poirot an, der ihm gegenüber saß.
»Es ist doch merkwürdig, wie wir immer an seinem Alibi herumrätselten und nie auf den Gedanken kamen, einmal Rosaleen Cloades Angaben zu überprüfen. Dabei haben wir nur David Hunters Aussage, daß seine Schwester sich wirklich am Dienstag abend in ihrer Londoner Wohnung befand. Über sie selbst habe ich mir nie den Kopf zerbrochen. Sie war so ein unbedeutendes Persönchen, wirkte fast ein wenig beschränkt, aber darin liegt wahrscheinlich die Erklärung.«
Poirot verhielt sich still. Der Inspektor fuhr fort:
»Sie muß Arden in einem Anfall hysterischer Wut erschlagen haben. Er vermutete keine Gefahr bei ihrem Besuch. Wie sollte er auch! Aber etwas will mir nicht in den Kopf. Wer hat Major Porter bestochen, eine falsche Aussage zu machen?«
»Ich hätte es wissen müssen. Major Porter selbst hat es mir gesagt«, entgegnete Hercule Poirot.
»Er selbst hat es Ihnen gesagt?«
»Nicht direkt natürlich. Eine Bemerkung von ihm verriet es. Er war sich dessen gar nicht bewußt.«
»Und wer war es?« fragte Spence ungeduldig.
Poirot neigte seinen Kopf etwas zur Seite und sah schräg zu dem Inspektor auf.
»Darf ich Ihnen zwei Fragen stellen, bevor ich Ihnen die gewünschte Antwort gebe?«
»Fragen Sie, was Sie wollen.«

»Diese, die wir auf dem Nachttisch neben Rosaleen Cloades Bett fanden; was war es?«
»Die Schlafpulver? Ganz harmloses Zeug. Ein Brompräparat. Sie nahm jede Nacht ein Beutelchen. Es beruhigt die Nerven.«
»Wer hat sie ihr verschrieben?«
»Dr. Cloade, schon vor einiger Zeit.«
»Und hat man den Befund über die Todesursache bereits?«
»Morphium«, erwiderte Spence.
»Und nun kommt meine zweite Frage«, fuhr Hercule Poirot fort. »Sie haben die Telefongespräche nachgeprüft, nicht wahr? Aus dem Appartementhaus, in dem Hunter und seine Schwester in London lebten, wurde Dienstag nacht um elf Uhr ein Gespräch für Lynn Marchmont durchgegeben. Wurde die Londoner Wohnung ebenfalls angerufen?«
»Ja, um zehn Uhr fünfzehn. Der Anruf kam aus Warmsley Vale aus einer öffentlichen Telefonzelle.«
»Aha. Ich danke Ihnen, Inspektor.«
Hercule Poirot erhob sich und schritt zur Tür.
»Halt«, rief ihm der Inspektor nach. »Wie steht es mit der versprochenen Antwort?«
»Gedulden Sie sich noch ein wenig«, bat Poirot höflich. »Ich erwarte noch einen Brief, einen wichtigen Brief. Wenn ich ihn habe, fügt sich das letzte Glied in die Kette. Dann stehe ich Ihnen für alle Auskünfte zur Verfügung.«

32

Lynn trat aus dem Haus und schaute zum Himmel empor. Die Sonne ging eben unter; der Himmel war von einem glasigen Leuchten überzogen. Eine bedrückende Ruhe lag über der Landschaft. Es war die Ruhe vor einem Sturm.
Sie durfte ihren Entschluß nicht mehr länger hinausschieben. Sie mußte Rowley reinen Wein einschenken. Ihm zu schreiben, wäre feige gewesen. Sie war ihm eine offene Aussprache schuldig.

Dies bedeutet den Abschied von meinem bisherigen Leben, sagte Lynn zu sich selbst. Denn das Leben mit David würde einem Spiel gleichen. Sie hatte ihre Wahl getroffen und war doch nicht froh darüber. David heiraten, hieß einem Abenteuer entgegengehen. Und das Abenteuer konnte ebensogut glücklich wie traurig enden. Vor wenigen Stunden hatte David sie angerufen.
»Ich dachte, ich dürfte dich nicht an mich ketten, Lynn. Aber ich war ein Narr. Ich bringe es nicht über mich, von dir wegzugehen. Wir fahren nach London, besorgen uns eine Lizenz und heiraten auf der Stelle. Und Rowley teilen wir die Neuigkeit erst mit, wenn du Mrs. David Hunter bist.«
Aber damit war sie nicht einverstanden gewesen. Sie wollte selbst mit Rowley sprechen, und nun war sie auf dem Weg zu ihm.
Rowley öffnete ihr die Tür und trat erstaunt einen Schritt zurück.
»Lynn! Warum hast du nicht vorher angerufen und gesagt, daß du kommst. Um ein Haar hättest du mich nicht angetroffen.«
»Ich muß mit dir reden, Rowley. Ich werde David Hunter heiraten.«
Sie hatte empörten Protest, Wut, jede nur denkbare heftige Reaktion erwartet, nur nicht die, die sie jetzt erlebte.
Rowley sah sie einen Augenblick stumm an. Dann drehte er sich um und stocherte mit dem Schürhaken die Glut im Kamin auf. Erst dann wandte er sich wieder ihr zu.
»Du heiratest David Hunter? Und warum?«
»Weil ich ihn liebe.«
»Das ist nicht wahr. Du liebst mich.«
»Ich habe dich geliebt, Rowley, bevor ich wegging. Aber vier Jahre sind eine lange Zeit. Und ich habe mich geändert. Nicht nur ich, auch du hast dich geändert.«
»Nein, ich habe mich nicht geändert. Ich bin hier geblieben, habe tagaus, tagein das gleiche Leben geführt. Ein schönes, sicheres Leben ohne Gefahren, wie?«
Die Adern an seiner Stirn schwollen. Langsam stieg ihm das

Blut ins Gesicht, und in seine Augen trat ein Ausdruck zügellosen Zorns.
»Rowley –«
»Sei ruhig. Jetzt rede zur Abwechslung einmal ich. Ich bin um alles gekommen, was mir zugestanden hätte. Ich habe nicht für mein Vaterland kämpfen dürfen; ich habe meinen besten Freund im Krieg verloren, und ich habe mein Mädchen, meine Braut, in der Uniform umherstolzieren sehen, während ich der Tölpel war, der auf seiner Scholle hockte und in dumpfer Ergebenheit seinen Acker pflügte. Mein Leben war die Hölle, Lynn. Und seit du zurück bist, ist es schlimmer als die Hölle, Lynn. Seit ich an jenem Abend bei Tante Kathie euch zwei beobachtet habe, David und dich, wie ihr euch angeschaut habt. Aber merk dir eins: Er soll dich nicht haben. Wenn ich dich nicht haben kann, soll niemand dich haben.«
»Rowley –«
Lynn hatte sich erhoben und ging langsam, Schritt um Schritt, rückwärts zur Tür. Dieser Mann war nicht länger Rowley Cloade. Er war wie ein wildes Tier.
Rowley war neben ihr. Seine Hände schlossen sich um ihre Kehle.
»Ich habe zwei Menschen ermordet«, klang es an ihr Ohr. »Glaubst du, ich werde davor zurückschrecken, einen dritten Mord auf mein Gewissen zu laden?«
Seine Hände umschlossen ihre Kehle fester. Es flimmerte vor Lynns Augen, dann wurde alles schwarz, sie war dem Ersticken nahe ...
Und da, plötzlich, hustete jemand leise. Ein kurzes, gekünsteltes Husten.
In der Tür stand Hercule Poirot, ein um Entschuldigung bittendes Lächeln spielte um seine Lippen.
»Ich hoffe, ich störe nicht?« sagte er höflich.
Einen Augenblick schien die Atmosphäre zum Zerreißen gespannt. Dann sagte Rowley mit müder Stimme:
»Sie sind im richtigen Augenblick gekommen. Es stand auf Messers Schneide.«

33

Hercule Poirot zog ein sauberes Taschentuch hervor, tränkte es mit kaltem Wasser und reichte es zusammen mit einer Sicherheitsnadel Lynn.
»Legen Sie sich das um den Hals, Mademoiselle. Es wird den Schmerz gleich lindern.«
Er geleitete sie behutsam zu einem Stuhl.
»Sie haben kochendes Wasser?« fragte er dann Rowley, auf den dampfenden Kessel auf dem Herd deutend. »Ein starker Kaffee täte gut.«
Mechanisch brühte Rowley Kaffee auf.
»Ich glaube, Sie haben nicht begriffen«, sagte er dann langsam. »Ich habe versucht, Lynn zu erwürgen.«
»Tz ... tz ... tz ...«, machte Poirot, als sei er betrübt darüber, Rowley bei einer Geschmacklosigkeit zu ertappen.
Stumm wartete er, bis Rowley mit den Tassen zum Tisch trat.
Lynn nippte an ihrem Kaffee. Die Wärme tat gut. Der Schmerz ließ nach.
»Und nun können wir reden. Wenn ich das sage, meine ich: Ich werde reden.«
Hercule Poirot reckte sich zu voller Höhe auf.
»Wieviel wissen Sie?« fragte Rowley. »Wissen Sie, daß ich Charles Trenton getötet habe?«
»Das ist mir seit einiger Zeit bekannt«, gab Poirot zu.
Die Tür wurde aufgerissen. David Hunter stürzte in die Küche. Beim Anblick der drei Menschen blieb er abrupt stehen und sah verdutzt von einem zum andern.
»Was ist mit deinem Hals los, Lynn?«
»Noch eine Tasse«, befahl Hercule Poirot.
Rowley reichte ihm eine. Poirot nahm sie, schenkte Kaffee ein und drückte sie dann dem fassungslosen David in die Hand.
»Setzen Sie sich. Wir werden jetzt gemeinsam Kaffee trinken, und Sie drei werden zuhören, wie Hercule Poirot Ihnen einen Vortrag über Verbrechen hält.
Ich will von den Cloades sprechen. Es ist nur einer von ihnen

anwesend, also brauche ich kein Blatt vor den Mund zu nehmen. Die Cloades hatten nie die Möglichkeit, sich über ihre eigene Stärke oder Schwäche klarzuwerden. Bis zu dem Tag, da sie plötzlich auf sich selbst gestellt waren. Über Nacht zwang das Schicksal sie, mit ihren Schwierigkeiten allein fertig zu werden. Ohne auch nur im geringsten darauf vorbereitet zu sein, befanden sie sich in einer unsicheren Situation. Zwischen sie und ihr gewohntes, sicheres Leben, garantiert durch Gordon Cloades großes Vermögen, war Rosaleen Cloade getreten. Rosaleen Cloade war an allem schuld. Rosaleen Cloade war der Schlüssel zu allen Schwierigkeiten, und ich bin überzeugt, daß jeder einzelne von den Cloades einmal den Gedanken hegte: ›Wenn Rosaleen doch tot wäre . . .‹«
Ein Schauer überlief Lynn.
»Haben Sie daran gedacht, Rosaleen Cloade zu töten?« fragte Poirot Rowley, ohne den Ton der Stimme zu verändern.
»Ja«, gab Rowley leise zu. »An dem Tag, als sie mich hier auf der Farm besuchte. Es ging mir durch den Kopf, daß ich sie leicht töten könnte. Ja, der Gedanke kam mir, als ich ihr mit ihrem Feuerzeug Feuer gab für ihre Zigarette.«
»Sie vergaß das Feuerzeug hier, nehme ich an.«
Rowley nickte.
»Ich weiß selbst nicht, wieso ich den Gedanken nicht in die Tat umsetzte«, sagte er nachdenklich.
»Es war nicht die Art Verbrechen, zu der Sie fähig sind. Das ist die Antwort«, entgegnete Poirot. »Den Mann, den Sie ermordeten, töteten Sie in einem Anfall blinder Wut, und Sie hatten nicht die Absicht, ihn zu töten.«
»Mein Gott, woher wissen Sie das?«
»Ich glaube, ich habe Ihre Handlungen ziemlich genau rekonstruiert. Unterbrechen Sie mich, wenn ich mich irre. Nachdem Beatrice Lippincott Ihnen von dem belauschten Gespräch erzählt hatte, gingen Sie zu Ihrem Onkel Jeremy Cloade. Sie wollten seinen fachmännischen Rat. Aber Sie änderten Ihren Plan, ihn zu Rate zu ziehen. Sie erblickten eine Fotografie. Das gab den Ausschlag.«

Rowley nickte.
»Ja, das Bild stand auf dem Schreibtisch. Die Ähnlichkeit fiel mir auf. Und ich begriff, warum mir das Gesicht des Fremden so bekannt vorgekommen war. Ich begriff auch, daß Jeremy und Frances ein dunkles Spiel mit ihrem Verwandten trieben, um hinter dem Rücken der Familie Geld von Rosaleen zu erpressen. Ich sah rot vor Wut. Ich ging geradewegs in den ›Hirschen‹ und sagte dem Burschen auf den Kopf zu, er sei ein Schwindler. Er gab es lachend zu und trumpfte auf, daß er David Hunter richtig habe einschüchtern können. Er käme noch am gleichen Abend, um ihm das Geld zu bringen. Meine eigene Familie hinterging mich. Ich wußte nicht mehr, was ich tat. Er sei ein Schwein, warf ich Trenton an den Kopf und versetzte ihm einen Kinnhaken. Er sackte zusammen und fiel mit dem Hinterkopf auf das Kamingitter. Ich konnte es überhaupt nicht fassen, als ich erkannte, daß er tot war.«
Poirot nickte.
»Und dann?«
»Das Feuerzeug gab den Ausschlag. Es fiel mir aus der Tasche, als ich mich über den Toten beugte, und ich sah die Initialen. D.H. Es war Davids Feuerzeug, nicht Rosaleens. Ich zog den Toten in die Mitte des Zimmers und drehte ihn um, daß er mit dem Gesicht nach unten lag. Dann nahm ich die Feuerzange – die Einzelheiten erspare ich mir lieber. Als ich es hinter mir hatte, rückte ich die Zeiger seiner Uhr auf zehn Minuten nach neun Uhr und drückte das Glas ein.
Dann nahm ich dem Toten die Lebensmittelkarte und alle Papiere aus der Tasche und machte mich aus dem Staube. Mit Beatrices Geschichte von dem Gespräch zwischen dem Fremden und David Hunter, dachte ich, würde sich der Verdacht nur gegen David richten.«
»Danke«, warf David trocken ein.
»Und dann spielten Sie eine kleine Komödie mit mir«, nahm Poirot den Faden des Gesprächs wieder auf. »Sie kamen zu mir und forderten mich auf, einen Zeugen zu suchen, der Robert Underhay gekannt hat. Sie hatten – wie alle Cloades – längst von der Geschichte gehört, die Major Porter seinerzeit

im Club zum besten gegeben hatte und deren Zeuge Ihr Onkel Jeremy geworden war. Sie wußten, ich würde mich an Major Porter wenden. Und mit Major Porter hatten Sie bereits eine Unterredung unter vier Augen gehabt. In aller Heimlichkeit natürlich. Aber der Major verriet sich, und ich hätte sofort darauf kommen müssen. Er bot mir eine Zigarette an, als wir ihn gemeinsam aufsuchten, und sagte zu Ihnen: ›Sie rauchen ja nicht.‹ Dabei hatten Sie beide so getan, als hätten Sie sich eben erst kennengelernt.« Poirot lächelte grimmig. »Aber wie dem auch sei, der Major bekam es mit der Angst zu tun und kündigte das Abkommen.«

»Er schrieb mir, er könne es doch nicht tun«, gestand Rowley. »Er schrieb, er würde sich eher erschießen als einen Meineid leisten, wo es um Mord ging. Hätte er nur gewartet. Ich hätte ihm klargemacht, daß wir zu weit gegangen waren, um noch umkehren zu können. Ich suchte ihn auf, aber ich kam zu spät. Es war furchtbar. Mir war zumute, als sei ich nun zum zweifachen Mörder geworden. Wenn er doch nur gewartet hätte ...«

Rowleys Stimme erstarb.

»Er hinterließ einen Brief?« fragte Poirot. »Haben Sie ihn an sich genommen?«

»Ja. Das Schreiben war an den Staatsanwalt gerichtet. Major Porter berichtigte darin seine Aussage und bezichtigte sich selbst des Meineids. Der Tote sei nicht Robert Underhay. Ich habe den Brief zerrissen und weggeworfen.«

Er holte tief Atem.

»Ich wollte Geld, um Lynn heiraten zu können. Ich wollte Hunter aus dem Weg schaffen. Und dann – ich verstand nichts mehr – wurde die Anklage gegen ihn plötzlich fallengelassen, und es war von einer Frau die Rede.«

»Es war keine Frau«, erklärte Poirot nüchtern.

»Aber die alte Dame im ›Hirschen‹, Monsieur Poirot«, warf Lynn mit heiserer Stimme ein. »Sie hat sie doch mit eigenen Augen gesehen.«

»Die alte Dame sah eine Gestalt in Hosen, mit einem orangenen Schal um den Kopf und einem stark geschminkten Gesicht, ein ›Frauenzimmer‹ eben. Und sie hörte eine Männerstimme in Nummer 5 sagen: ›Mach, daß du wegkommst.‹ *Eh bien,* sie sah einen Mann und sie hörte einen Mann. Die Idee war genial, Mr. Hunter.«

Poirot wandte sich mit einer kleinen Verbeugung David Hunter zu.

»Was meinen Sie damit?« fragte David argwöhnisch.

»Nun werde ich Ihre Geschichte erzählen«, fuhr Poirot fort. »Sie kommen so gegen neun Uhr zum ›Hirschen‹, nicht um zu morden, sondern um zu zahlen. Und Sie finden den Mann, der Sie erpreßt hatte, tot auf dem Boden liegend vor. Sie haben eine schnelle Auffassungsgabe, Mr. Hunter, und Sie sind sich sofort im klaren darüber, daß Sie sich in großer Gefahr befinden. Niemand hat Sie den ›Hirschen‹ betreten sehen. Die einzige Möglichkeit für Sie ist, so schnell wie möglich den Tatort zu verlassen, den 9-Uhr-20-Zug nach London zu erwischen und zu beschwören, daß Sie nicht in Warmsley Vale waren an diesem Nachmittag. Um den Zug noch zu erwischen, müssen Sie querfeldein laufen. Sie treffen unerwartet Miss Marchmont, und Sie machen sich klar, als Sie den Rauch der Lokomotive im Tal sehen, daß Sie den Zug nicht mehr erreichen werden. Sie erzählen Miss Marchmont, es sei erst neun Uhr fünfzehn, was sie Ihnen glaubt. Sie gehen zurück nach Furrowbank, kramen in den Sachen Ihrer Schwester, schlingen sich einen orangenen Schal um den Kopf, benützen die Schminke Mrs. Cloades und kehren zurück in den ›Hirschen‹, wo Sie sorgsam darauf achten, von der alten Dame gesehen zu werden. Wie die alte Dame die Treppe hinaufsteigt, kommen Sie aus dem Zimmer Nummer 5, kehren nochmals um und sagen: ›Mach, daß du wegkommst‹ oder so etwas Ähnliches. Natürlich denkt die alte Dame, der Bewohner des Zimmers habe diese Worte gesprochen.«

»Ist das wahr, David?« fragte Lynn ungläubig.

David grinste.

»Und ich habe eine gute Vorstellung als Damenimitator gegeben. Du hättest das Gesicht dieses alten Drachen sehen sollen.«

»Aber wie konntest du um zehn Uhr hier sein und mich um elf Uhr von London aus anrufen?« forschte Lynn weiter.
»Das war sehr einfach«, erklärte Poirot. »Mr. Hunter rief von der öffentlichen Telefonzelle aus seine Schwester in London an und gab ihr genaue Anweisungen. Kurz nach elf Uhr verlangte Mrs. Cloade eine Fernverbindung mit Warmsley Vale. Als die Verbindung hergestellt war, sagte das Fräulein von der Zentrale vermutlich ›London ist da‹ oder ›Sie können sprechen‹, woraufhin Mrs. Cloade den Hörer wieder auflegte. Mr. Hunter achtete genau auf die Zeit und rief Miss Marchmont wenige Minuten später an. Er brauchte nur in das Telefon mit verstellter Stimme zu sagen: ›Sie werden aus London verlangt‹, das genügte, um ein Ferngespräch vorzutäuschen. Eine Unterbrechung von ein oder zwei Minuten in einem Ferngespräch ist heutzutage nichts Auffälliges.«
»Deinem Alibi zuliebe hast du mich also angerufen, David«, sagte Lynn. Ihr Ton war ruhig, aber es schwang etwas darin mit, was David veranlaßte, Lynn prüfend anzusehen.
Mit einer Gebärde der Resignation wandte er sich dann Poirot zu: »Sie haben recht. Ich lief fünf Meilen bis Dasleby und fuhr mit dem Milchzug am Morgen nach London. Beim Morgengrauen schlich ich mich in unsere Wohnung und kam gerade noch rechtzeitig, um das Bett zu zerwühlen und mit Rosaleen Kaffee zu trinken.«
»Die große Schwierigkeit lag in der Frage des Motivs«, fuhr Poirot in seinem Bericht fort. »Sie hatten ein Motiv, Arden zu töten, jeder der Cloades hatte ein Motiv, Rosaleen Cloade zu töten.«
»Sie wurde also ermordet? Es war kein Selbstmord?« fragte David scharf.
»Nein, es war Mord. Und Sie haben sie ermordet, Mr. Hunter.«
»Ich?« fuhr David auf. »Wieso sollte ich meine eigene Schwester ermorden?«
»Weil sie nicht Ihre Schwester war. Ihre Schwester kam bei dem gleichen Bombenangriff um wie ihr Mann Gordon Cloade. Es gab nur zwei Überlebende damals. Sie und das

Stubenmädchen namens Eileen Corrigan. Ich erhielt heute ihr Bild aus Irland.«
Er hielt dem jungen Mann eine Fotografie hin. David ergriff sie, sprang auf und war zur Tür hinaus, bevor einer der Anwesenden recht begriffen hatte, worum es ging.
»Das kann nicht wahr sein!« rief Lynn aus.
»Leider ist es wahr. David Hunter drängte das Stubenmädchen, die Rolle seiner Schwester zu spielen, um so das Cloadesche Vermögen für sich zu retten. Kein Zweifel, daß er ihr schon vorher den Kopf verdreht hatte und überzeugt war, sie zu der Komödie überreden zu können. Er verstand es, mit Frauen umzugehen.«
Poirot machte diese Feststellung sachlich und vermied es, Lynn anzusehen.
»Doch als die Geschichte eine unerwartete Wendung nahm und der Brief des Erpressers kam, wurde Eileen-Rosaleen von Angst gepackt. David schickte Eileen-Rosaleen nach London, als der Fremde auftauchte, weil er nicht riskieren konnte, daß der richtige Underhay die falsche Rosaleen zu Gesicht bekam. Und wie die Situation am schwierigsten wird, beginnt auch das Mädchen durch seine Gewissensbisse gefährlich zu werden. Sie zeigt alle Anzeichen eines Nervenzusammenbruchs. Wer weiß, was daraus werden wird. Außerdem stören ihn ihre Liebesbezeugungen, denn er hat sich inzwischen in Miss Marchmont verliebt. So sieht er als Ausweg nur Eileens Tod. Und er schmuggelt Morphium zwischen die Schlafpulver, die sie auf sein Geheiß allabendlich nimmt. Der Verdacht wird nicht auf ihn fallen, da der Tod seiner Schwester ja den Verlust des Cloadeschen Vermögens für ihn bedeutet. Mangel an Motiv, das war sein Trumpf. Ich habe von Anfang an erklärt, daß das Muster dieses Falles nicht stimmt.«
Die Tür wurde geöffnet, und Inspektor Spence trat ein.
»Wir haben ihn«, sagte er gemütlich. »Alles in Ordnung.«

34

An einem Sonntagmorgen klopfte es an Rowleys Tür. Er öffnete und sah sich Lynn gegenüber.

»Lynn!«

»Darf ich hereinkommen, Rowley?«

Rowley trat etwas zurück, und Lynn ging an ihm vorbei in die Küche. Langsam nahm sie ihren Hut ab und setzte sich.

»Ich bin heimgekommen, Rowley.«

»Was willst du damit sagen?«

»Ich bin heimgekommen. Dies ist mein Heim, hier, wo du bist. Ich war eine Närrin, Rowley. Ich gehöre zu dir.«

»Du weißt nicht, was du sagst, Lynn«, entgegnete Rowley heiser. »Ich habe versucht, dich umzubringen.«

Lynn lächelte.

»Gerade weil du das tatest, kam mir zu Bewußtsein, was für ein dummes Ding ich gewesen war. Ich habe doch immer nur dich haben wollen, Rowley. Aber dann brachte der Krieg uns auseinander, und du erschienst mir so zahm, so langweilig. Ich hatte Angst vor dem eintönigen Leben. Aber als du sagtest, wenn du mich nicht haben könntest, dürfte auch niemand sonst mich haben, da wurde mir klar, daß ich dich und nur dich liebte.«

»Es hat keinen Sinn, Lynn. Du kannst keinen Mann heiraten, der, wenn's gutgeht, ins Gefängnis wandert.«

»Dazu wird es nicht kommen. Die Polizei glaubt, daß Hunter sowohl Arden wie Rosaleen ermordet hat. Aber nach englischem Gesetz kann man nicht zweimal des gleichen Verbrechens angeklagt werden. Sie haben ihn wegen des Mordes an Arden freigelassen. Für ihn ändert sich nichts. Doch solange die Behörden glauben, daß David der Täter ist, suchen sie nach keinem anderen.«

»Aber dieser Hercule Poirot weiß es doch . . .«

»Er sagte dem Inspektor, es sei ein Unfall und kein Mord gewesen, und der Inspektor lachte nur. Nein, Monsieur Poirot wird niemandem etwas sagen, dafür lege ich meine Hand ins Feuer. Er ist ein –«

»Nein«, unterbrach Rowley sie. »Du darfst mich nicht heiraten, es wäre nicht sicher –«
»Möglich . . .« Lynn lächelte. »Aber ich liebe dich nun einmal, Rowley, und außerdem habe ich mir nie sehr viel aus Sicherheit gemacht.«

Dorothy Sayers

Dorothy Sayers, 1893 in Oxford als Tochter eines Pfarrers geboren, studierte Philologie und gehörte zu den ersten Frauen, die die berühmte Universität ihrer Heimatstadt mit dem Titel »Master of Arts« verließen. 1922 ging sie nach London, um ihren Lebensunterhalt mit Schreiben zu verdienen. Ihre berühmten Kriminalromane und Kurzgeschichten erschienen zwischen 1923 und 1939. Danach hatte sie es – bis zu ihrem Tod am 17. Dezember 1957 – nicht mehr nötig, für ihren Broterwerb zu arbeiten.
Mit der Figur des Lord Peter Wimsey hat Dorothy Sayers einen Detektiv geschaffen, der bis heute unvergleichlich ist, weil er (und seine Erfinderin) herkömmliche Fälle zu einem psychologisch außergewöhnlich interessanten, literarischen Leseerlebnis macht.

Von Dorothy Sayers sind erschienen:

Eines natürlichen Todes
Der Fall Harrison
Feuerwerk
Die Katze im Sack
Lord Peters schwerster Fall
Der Mann, der Bescheid wußte
Der Tote in der Badewanne

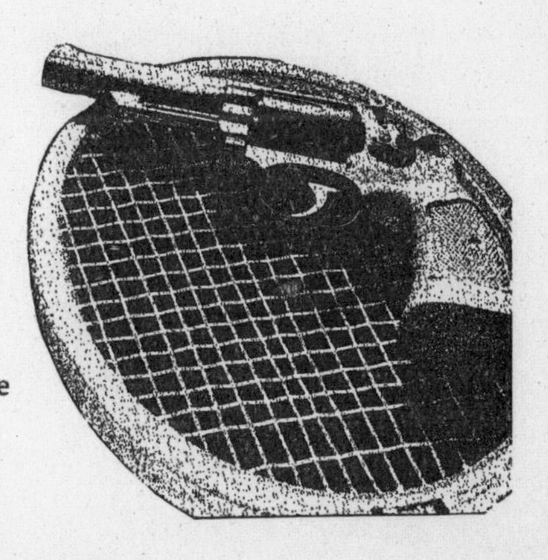

Stanley Ellin

Stanley Ellin, geboren 1916 in New York, arbeitete nach dem Studium in verschiedenen Berufen. Nach dem Zweiten Weltkrieg wurde er freier Schriftsteller.
Die Romane und Erzählungen des »Meisters des sanften Schreckens« haben ihm internationalen Ruhm eingetragen. Siebenmal wurde er mit dem Edgar-Allan-Poe-Preis ausgezeichnet, und 1975 erhielt er den »Grand Prix de la Littérature Policière«. Seine Werke wurden von Regisseuren wie Claude Chabrol, Joseph Losey und Alfred Hitchcock verfilmt.
Ellin hat sich vor allem mit seinen makaber-bösen Stories einen Namen gemacht, z. B. mit *Die Segensreich-Methode* oder *Die Spezialität des Hauses*. Er schuf damit ein völlig neues, psychologisch äußerst subtiles Genre des Kriminalromans.
Ellin starb am 31. Juli 1986 in New York.

Von Stanley Ellin sind erschienen:

Der Acht-Stunden-Mann
Im Kreis der Hölle
Die Millionen des Mr. Valentin
Nagelprobe mit einem Toten
Die schöne Dame von nebenan
Spezialitäten des Hauses
Die Tricks der alten Dame
Der Zweck heiligt die Mittel